なべそこ村の守り神さま

井奈波美也
INABA MIYA

幻冬舎MC

なべそこ村の守り神さま

目次

第一章　ごんげん山の頭領《とうりょう》ギツネ

　むかし。その村は、「なべそこ村」などと呼ばれていたそうです。周りの山々から見下ろすと、家々の古びて黒ずんだ藁葺《わらぶ》き屋根が、まるで、なべの底に、こびりついているように見えたことから、いつしか、その呼び名が当たり前になってしまったのでしょう。

　けれども、実際には結構大きな村で、その頃は、ちゃんと庄屋《しょうや》さまもいて、そのお屋敷《やしき》もかなりなものだったそうです。そうしてまた、なべそこ村を囲んでいる山の中でも、ひときわ高い山を、村人たちは「ごんげん山」と呼び、そのふもとには、小さいながら社《やしろ》もあって、そこに、ごんげんさまをお祀《まつ》りしていました。

ごんげんさまのお社は、この村の庄屋を勤めている太郎左右衛門《たろうざえもん》さんのご先祖さまが、村にもちゃんと守り神さまがいて下さらなくてはならぬと、そう考えて建てたものだそうですが、村人たちもまた、庄屋さまともども、そのお社を大切に守り続けていました。

ごんげんさまとは、江戸に幕府を開いた徳川家康さまのことだそうですが、太郎左右衛門さんが言うように、徳川幕府とやらが出来て、戦の無い世の中になったというのは、おおかた本当です。でも、この村のお百姓《ひゃくしょう》さんたちは、戦《いくさ》が無くなっても、将軍さまが何代替わっても、相変わらず貧しい暮らしをしていました。

山ばかりに囲まれた土地では、田畑はあっても、米の取れ高も知れている上に、せっかく汗水流して育てた米も、秋には年貢《ねんぐ》としてごっそり持って行かれてしまいましたし、山のふもとや、家の周りで細々と育てる野菜なども、高が知れていました。

「庄屋さまほどのご身分なら、ごんげんさまも有《あ》り難《がた》かろうが、わしら百姓には、もうちぃと年貢を軽くしてもろうたほうが、どれほど有り難いことか。一番大切なのは、お社に鎮座《ちんざ》ましますごんげんさまよりも、生きて働く人間さまじゃろうに」

などと、お百姓さんたちは、家の中や野良《のら》仕事の合間に、少しだけ、そんなグチをこぼし合っていました。

だからといって、庄屋の太郎左右衛門さんが、欲深で冷たい人だということではありません。むかしは、どこの村もそうだったように、太郎左右衛門さんも庄屋の役目として、秋が巡《めぐ》ってくるたびに、決められた量の年貢米をお上（幕府）に納めなければなりませんでしたし、村人たちが勝手に山へ入るのを禁じているのも、「薪や炭も納めよ」という上からのお指図があったから、仕方のないことだったのです。

太郎左右衛門さんは、「自分は運良く庄屋の家に生まれてきただけのこと」だと、そう言って、いつも村人の暮らしを思いやって暮らしていました。その証拠《しょうこ》に、よほどの事が無い限り、誰《だれ》であろうと決して呼び捨てになどしませんでしたし、村の人たちも、何か困ったことがあれば、いつも太郎左右衛門さんに相談を持ちかけて、いろいろと助けてもらっていました。

周りを山ばかりに囲まれている上に、そうした決まりごとだらけの貧しい村の暮らしの中で、人々が楽しみにしている行事の一つに、春の山菜採りがありました。

山々の頂《いただき》から村一面に積もっていた雪が、順に融《と》け始め、山から村へと流れ下ってくる谷や小川の土手にも、フキノトウが点々と顔を出し、やわらかなネコヤナギの芽が銀色に光り出すと、なべそこ村にも、みるみるうちに暖《あたた》かな春が来ます。

たきぎ一つ取りに行くのにも、庄屋さまの許しが無ければ入れなかった山へも、山菜が芽吹く、この季節だけは、どの山へも勝手に入って良いことになっていました。

山菜は一日でも放っておくと、大きく育ち過ぎて食べられなくなってしまうからです。

地面に生えるワラビやゼンマイなどから、タラの芽やコシアブラのように、木の枝先に伸びてくる新芽まで、村人たちは、どれくらいの陽気になれば、どの辺りにどんな山菜が育ち、育った山菜をどれくらい採っていいかも、ちゃんと分かっていました。

　例えばタラの芽などは、枝の先から一つ残らず採り尽《つ》くしたりすると、どんなに立派に育っていた木であっても、木が丸ごと枯《か》れてしまって、もう次の年からは、おいしい山菜を採ることが出来なくなってしまいます。村人たちにとって、山菜採りは楽しいだけのものではなく、自分たちが畑で育てる野菜と同じように、山菜も、故里《ふるさと》の野山が人間に代わって育ててくれる、大切な食料の一つだったのです。

　そして、もう一人、いえ、もう一匹。周りの野や山はもちろん、なべそこ村の人々のことまで、何でもよく知っているキツネがいました。

　頭領ギツネ。

村の人たちばかりか、峠《とうげ》を行き来する旅人や商人たちまでが、いつの頃からか、このキツネを、そう呼ぶようになり、もう今では、「頭領」といえば、このキツネのことだと、誰もが思うほどになっていました。

キツネという生き物は、いたずら好きで、むかしから、よく人をだましたり化かしたりするものだと思われているように、頭領も、やっぱりそのとおりで、庄屋の太郎左右衛門さんや、その辺りの峠を行き来する人たちには、頭領のいたずらが、ちょっとしたシャクの種になっていました。

頭領にだまされて腹を立て、もうだまされまいぞと、よくよく気をつけていても、また次の日にはコロッとだまされるというわけで、峠を越《こ》えたつもりの人が、越えたはずの峠をまた戻《もど》っていることにも気づかず、ふもとのごくらく茶屋の赤い小さな幟《のぼり》を見て、ようやく気がつくという、そんなことも度々ありました。

庄屋の太郎左右衛門さんが、峠に沿った谷川につかり、中腰《ちゅうごし》になったまま、せっせと棒きれを回しているのを見て、通りかかった旅人が不思議がり、

「そんな所で、さっきから何をしておいでなのですか」

と、尋《たず》ねると、太郎左右衛門さんは、水の中から、

「見て分からんかい」

などと、手を休めるのも惜《お》しいと言わんばかりに返事をしました。

「ここに、こんなにも美しい反物《たんもの》が流れてくるから、今、せっせと巻《ま》き取っておるところじゃ」

太郎左右衛門さんから返事を聞いた旅人が、「反物ですって？」と、驚《おどろ》いて聞き返しても、太郎左右衛門さんは、まだ疑いもせず、

「そうよ。真っ白でツヤがあって、見るからに上等の絹織物じゃから、町へ持っていけば、きっと高値で売れるに違《ちが》いない。おかげで今年の夏祭りの費用くらいは、楽に出してやれるというもんじゃ」

などと満足げに返事をしたものですから、旅人は、さらに驚いて言いました。

「冗談《じょうだん》じゃあございませぬ。あなたさまが巻き取ろうとしているのは、谷川の水が白いしぶきとなって流れている、手が切れるほど冷たい雪どけ水で、絹織

物なんてものではございませぬ」

「何ですと？」

道から旅人に言われ、今度は太郎左右衛門さんが驚き、あわてて足元に目をこらしました。

言われてみれば、そのとおりの体《てい》たらくで、今の今まで、自分は谷川の真ん中で体をつの字に曲げ、道ばたで拾った棒《ぼう》きれの端《はし》と端をしっかりとつかみ、冷たい水の中で流れに逆らって、つかんだ棒きれをせっせと回し続けていたのです。

回しても回しても水が流れ続けてくるので、きりがありません。おかげで足どころか手までもか真っ赤に染まり、寒さに凍《こご》え切っていました。

「こりゃあまぁ。庄屋ともあろう者が、何としたことじゃ……。さては、またしても、あの頭領のしわざか。いや、よく教えて下された。あなたさまに言われなければ、わしは、ここでこうして、いつまでも」

礼を言いながら急いで水から飛び出し、飛び出しざまに辺りを見回しても、たった今、太郎左右衛門さんに忠告してくれた旅人のすがたは、もう、どこにもありませんでした。

「さては、あの旅人までもが頭領だったか」

ご丁寧《ていねい》にも重ねてだまされた太郎左右衛門さんは、地団駄《じだんだ》を踏《ふ》んで悔《くや》しがりました。

「この上、風邪《かぜ》など引いたら……」

太郎左右衛門さんは、寒さに震《ふる》えながらカンカンに怒《おこ》って峠を下り、取りあえず、ふもとのごくらく茶屋へ飛び込みました。

ごくらく茶屋は、なべそこ村から峠に続く、その登り口にありました。

息子が遠くの町へ奉公《ほうこう》に行き、行った先で所帯《しょたい》まで持ち、それっきり、故郷《こきょう》のなべそこ村には、寄りつきもしなくなったとかで、主《あるじ》のお花ばあさんは、今も、たった一人で、この小さな茶店《ちゃみせ》を切り盛りしています。

「息子が帰ってこなくても、茶店をやらせてもろうているおかげで、こうして毎日、旅のお人や村の人たちともおしゃべりをして、楽しく暮らさせていただいておりますわいの。ほんに有り難いことで」

「有り難い」は、茶飲み話の合間に出る、お花ばあさんの口ぐせです。

「病気一つせんと、そうやって元気に暮らせて、それが何よりよ。けど、山は冷えるからのぅ。まして、冬の寒さは格別じゃろう。暖《あたた》こうなったとはいえ、こういう季節の変わり目は、風邪を引きやすいから気ぃつけや」

「それが、心配いりませんのや」

周りの心配にも、お花ばあさんは、嬉《うれ》しそうに目を細めて言いました。

「いつぞやなんぞも、寒うて寒うて、このまま凍え死にするかと思うておりましたら、夜の夜中に頭領がやってきて、背中を当てて寝《ね》てくれましてん。皮だけで出来た、キツネのえりまきなんぞという、あんな、まやかし物と違うて、生きている大きなおキツネさまの背中ですもん。そりゃあもう温ったこうて。おかげで風邪一つ引かずに済みましたわいの」

「そりゃあまあ、そんなことがあったんかい。頭領は、キツネの中でも、飛び切り立派な体をしておるから、さぞ温かかったじゃろう。よかったのう」

「ほんに頭領は、情のある有り難いおキツネさまでございますわいの」

一休みしようと茶店に立ち寄った人たちは、お花ばあさんの、そうした話に、何度もうなずいてみせました。

「それはそれは。聞けば聞くほど嬉しい話じゃ。ここの茶店は、峠を行き来する、わしらにとっても、それは有り難い場所じゃでの。そんなことがあったんでは、わしらも頭領に出会うたら、礼の一つも言わんといけんのぅ」

そんなこんなで、お花ばあさんが切り盛りしているごくらく茶屋は、たまに峠を通り過ぎるだけのような旅人や商人たち、そうして、野良仕事や山仕事に出てきた村人たちが、いつでも立ち寄って一息つき、ついでに楽しい話も仕入れて帰ることが出来る、とても有り難い場所なのでした。

一生懸命《いっしょうけんめい》育てた一人息子が、町の暮らしに馴染《なじ》んでしまって、帰ってくるどころか、寄りつきもしなくなってからも、そうやってたくさんの人々を話し相手にしてきたお花ばあさんにとって、峠の途中《とちゅう》で頭領にだまされ、カンカンに怒って茶店に飛び込んで来る人たちをなだめるくらい、お手のものでした。

その時もお花ばあさんは、まんまと頭領にだまされ、寒さに震えながら飛び込んで来た庄屋の太郎左右衛門さんに、まずは濡《ぬ》れた足袋《たび》を脱《ぬ》がせ、凍えた手足を何度も、ぬるま湯に浸けて温めると、次には乾いた手ぬぐいで足をぬぐわせ、その後で、ようやく囲炉裏《いろり》に当たらせました。そんなふうにして、少し落ち着きを取り戻した太郎左右衛門さんに、さりげなく熱いお茶とだんごを勧《すす》め、ついでにあれこれ四方山話《よもやまばなし》をしているうちに、いつの間にか太郎左右衛門さんの機嫌《きげん》を直してしまったばかりか、もっと楽しい気分にさせて、「お花ばあさんや。ありゃあ、やっぱり『頭領』と呼ばれるだけのことはあるのう。だまされまいと気をつけきっていても、いつの間にか、コロッとだまされてしまうんじゃからのぅ」などと、囲炉裏で乾かした温かな足袋をはき、笑いながら上機嫌で帰って行ったのだそうです。

あきれたことに、そんな話までも、頭領は、ごくらく茶屋の脇《わき》にある、みんなが茶屋岩と呼んでいる大きな岩の上に寝《ね》そべって、ちゃっかりと聞いていましたし、村人たちは村人たちで、寒い冬の夜に、頭領が、お花ばあさんを寒さから守った話や、その反対に、庄屋の太郎左右衛門さんが、まんまと頭領にだまされ、寒さに震えながら茶店へ飛び込んできた話などを、茶店で仕入れては、自分たちの茶飲み話にして楽しんでいました。

「庄屋さまが、また、頭領にだまされなさったそうじゃ」

「それはまぁ。庄屋さまも、これで何度目じゃ。ちっとは気をつけてもよさそうなものを、また、だまされなさるとは……。頭領も、なかなかやるのぅ」

などと、庄屋の太郎左右衛門さんを笑い、その同じ口で、今度は、頭領をほめそやしました。

「そうともよ。あれほどのキツネは、そうはおるまい。だけど、一度でいいから、わしらも、頭領にだまされるほどのお大尽《だいじん》になってみたいものじゃて」

ついでに、ちょっぴり庄屋の太郎左右衛門さんをうらやみました。

そうなのです。村人たちが言うように、頭領は、太郎左右衛門さんのようなお大尽や、峠を行き来する商人たちにいたずらはしても、日々の暮らしに追われながら一生懸命働いているお百姓さんたちには、それほどのいたずらをすることも無かったのです。

頭領にだまされるような人間になれたら、一人前。

なべそこ村の人々は、いつからか、大まじめでそう思うようになっていました。そんなこともあってか、庄屋の太郎左右衛門さんも、だまされた直後は、カンカンに怒っても、お花ばあさん相手に話をしているうちに、いつの間にか機嫌が直ってしまうのです。

第二章　晴天のへきれき

　村人たちが束《つか》の間《ま》の山菜採りを楽しんだ春も、とうに過ぎ、どこの家の田植《たう》えも終わり、また明日あたりからは、庄屋さまの持ち田の田植えが始まるという、そうした慌《あわ》ただしい日々を迎《むか》えていた、そんなある日。頭領は、ごんげん山のふもとに広がるくぬぎ林の中で、ばったりと、犬のシロを連れた三郎と出会いました。

　三郎は、村外れの、くぬぎ林の中にある小さな家で、婆《ばあ》さまと二人きりで暮らしている若者です。

　村人たちの田植えが一段落して、人々が一息ついた頃に、今度は、庄屋の太郎左右衛門さんの持ち田の田植えが、村総出で始まります。

太郎左右衛門さんは、毎年、村人たちの田植えが終わるのをしっかりと見届け、それから自分の持ち田の田植えを始めていました。そうした、村じゅうが忙《いそが》しい農繁期《のうはんき》には、三郎も、あちらこちらの家々や、太郎左右衛門さんに雇《やと》われて、農作業にいそしむ身の上ですが、その他の時には、家の周りの、ネコの額ほどの畑で野菜を育てたり、飼い犬のシロをお供に山へ入り、キジや山鳥やタヌキやウサギなどのケモノを捕《と》って、日銭《ひぜに》を稼《かせ》いだり、時々は川へ入って、イワナやヤマメ、アユやウナギなどを漁ったりして、細々と暮らしていました。

どこのどんなキツネよりも賢《かしこ》い上に、ごんげん山一帯を縄張りにしていた頭領は、三郎が村の外れの小さな家で、婆さまと二人きりの、おまけに、どんなに貧しい暮らしをしているかも、ちゃんと分かっていました。だから三郎に対しても、こんなふうに山や森や野原、どこで出会おうと、自分からいたずらを仕掛《しか》けることなど、一度もありませんでしたし、その反対に、三郎が頭領を追い回すようなことも、これまで一度たりともありませんでした。それどころか、三郎は、どこで頭領に出会おうと、

「よう、頭領。いつも元気なのはいいが、いたずらも、ほどほどにしておけよ。特に庄屋さまには、な」

などと、まるで、自分の弟にでも話しかけるような口ぶりで、頭領をたしなめたり、からかったりしていました。だから頭領は、明日辺りから庄屋さまの持ち田の田植えが始まるという、その日も、三郎は、いつものように自分をひと言からかって、何ごとも無かったかのように、さっさと他所《よそ》へ行くだろうと、高をくくっていたのです。

けれども、その日の三郎は、まるで別人のようにこわばった顔をして、言葉一つかけてこようとはしませんでした。

変だな。

と、頭領は、その時、ふと思いました。それでも、これまでがそうでしたから、三郎が自分をねらっているなどとは、ツユほども思いはしませんでした。

そうか。今、三郎は、獲物《えもの》に逃《に》げられて機嫌が悪いんだ。まして今日の弓は、見るからにヘナヘナ弓だ。あれじゃあ、おもちゃも同然じゃあないか。三郎ともあろうものが、いったい、どうしたっていうんだ。そこらの野っぱらで、のんきにチュンチュン遊んでいる、スズメのチュン太でも捕《と》ろうってのか。

フフンと鼻先で笑い、そのまま三郎に背を向け、くぬぎ林も抜《ぬ》け、ゆっくりとブナの森へ入って行こうとした、その瞬間《しゅんかん》、ヒュッと音がして、頭領の肩先をかすめて、何かが飛んで行きました。

オヤッ。今のは、何だったのかしらん。

そう思って首をかしげたとたん、また、耳元でヒュッと音がしました。

それが矢だと気づいたとたん、頭領は、がく然としました。

後ろから飛んできたのは間違いなく矢でした。それも、誰よりも信じていた三郎が放った矢です。

どうしたって言うんだ。よりによって、あの三郎が……。

信じられない気持ちから、頭をクラクラさせながら、頭領は、ひとまずその場を逃《に》げ出すことにしました。

ところが、足場の悪いブナの森の、そのまた奥《おく》へ奥へと逃げ込んでも、三郎は、シロをけしかけながら、どこまでも追って来ました。

飛んで来る矢を、たくみに避《よ》けながら逃げ回っているうちに、いつしか頭領は、ごんげん山の裏山へ裏山へと、追い込まれて行きました。

ごんげん山の裏山など、普段《ふだん》、誰も行かない場所です。

ブナやコナラの古木が空をさえぎり、そのために日当たりも悪く、その辺りの地面は、いつもジメジメと湿《しめ》っていました。ツタやヤマノイモなどが、日陰《ひかげ》の名もない草花と絡《から》み合い、かき分けて見なければ、足下の地面さえも分からないような場所です。そのおかげで、ずいぶんと大柄《おおがら》な頭領でも、身を隠《かく》すのには、少しも困らない場所でした。存分に葉を広げて重なり合う、ウラジロの葉の陰や、太く盛り上がった根っこの間に身をひそめれば、それでもう十分でした。

頭領は、大きなウラジロの葉に覆《おお》われた、太い根っこの間にジッと身をひそめ、どうしてこんなことになったのかを考えてみました。

あれは、間違いなく三郎だった。おいら、三郎には、出会うたびに意見されたり、からかわれたりされたけれど、こちらから悪さをした覚えなど、何一つ無いはずだ。それに、あのヘナヘナ弓は、なんだ。そうだとも。どう考えてもおかしい。でも、左のほっぺたには、ちゃんと、見覚えのあるきずあとがあったし、いつもの三郎に違いないはずなのに、いったい、どうしたっていうんだ。キツネと人間の違いはあっても、森や林、どこで出会おうと、おたがいに気心の知れた仲どうしだと信じて、今の今まで、心を許し合ってきたつもりでした。

矢が尽きたのか、もう飛んでくる様子もなく、そっと辺りをうかがって見ても、シンとしていて、辺りには、すでに人がいそうな気配すらありませんでした。

そうか。あきらめて引き返したんだ。この先には、「ケモノ返しの崖《がけ》」と呼ばれるほどの、恐《おそ》ろしい崖があるだけ。うっかり足でもすべらせたら、谷底へ落ちて、一巻の終わりだ。こんな所に長居は無用。やっぱり三郎は賢い。おいらも帰ろっと。

そう思った頭領が、根っこの陰から勢いよくヒョーンと飛び出した、その瞬間。

「うわーっ」

と、恐ろしい悲鳴が、背後で上がりました。思わず振《ふ》り向いた頭領の目に、泥《どろ》にまみれたワラジの裏が、悲鳴もろとも、崖の向こうへスウーッと消えて行きました。


落ちた。三郎が、谷へ落ちた。

あれは、間違いなく三郎だった。


一瞬の出来事に、頭領は、その場にポカンと呆《ほう》けてしまい、ようやく我に返って辺りを見回した時には、シロのすがたもなく、その先の崖も、何事も無かったかのように静まり返っていました。

夢じゃない。絶対に夢なんかじゃない。だって、つい今しがたまで、シロが谷底に向かって、狂《くる》ったように吠《ほ》えていたもの。

改めて辺りを見回すと、崖側の木の枝に三郎の弓が引っかかって、ふらふらと風に揺《ゆ》らいでいました。


やっぱり、夢なんかじゃなかった。三郎が谷へ落ちた。

ああ、とんでもないことになっちまった。

だけど、悪いのは三郎のほうだ。そうだろ？

でも、おいら、どうすればいいんだろう。

考えれば考えるほど、頭の中が混乱して来て、頭領は、とうとう、いっとき、その場から逃げ出してしまいました。

三郎は、ケモノ返しの崖から、そのまま深い谷へ落ちていました。

不幸中の幸いだったのは、三郎が谷の底へ落ちる手前の、少し平らに出張《でば》った岩の上に落ちていたことでした。三郎が落ちた、その辺りは、一日じゅうロクに日も射さず、すぐ目の下には、逆巻く水が白いしぶきを飛ばし、岩をかんで激しく流れている、そんな場所でしたから、崖から足を踏み外した勢いで、もう一段低い谷底へ、もんどり打って一気に落ちていたら、ひとたまりもなかったはずです。本当に、よくぞ止まったと思えるほどの危うい場所でした。もしかして三郎は、崖から伸びている木の枝に一度引っかかり、そこから折れた枝ごと、棚《たな》のように出張っていた岩の上まで、体ごとズルズルと落ちて行ったのかも知れません。岩の上で横倒しになったまま、虫の息でいる三郎のかたわらには、シロがピタリと寄り添《そ》い、悲しげな目をしてうずくまっていました。

あまりの出来事に、頭領も、一旦はケモノ返しの崖から逃げ出したはずでした。それなのに、いつしか夢中で、苔《こけ》むした崖を這《は》い下り這い下りし、気がつけば、自身も大きな岩の上に、ストンと降り立っていました。そうして降り立った岩の、そのすぐ足元に、三郎が虫の息で横たわっているすがたを目にしたとたん、さすがの頭領も足がすくんでしまいました。

そんな頭領に気がついたのか、三郎はフッと目を開け、あえぎあえぎ言いました。

「ああ。頭領。おまえ、やっぱり来てくれたんだな」

ガケから落ちて行くあいだに、ちぎれてついた青草が、血や水に濡れ、三郎の顔にも首にも、こびりついたり張り付いたりしていました。

「こんな危険な所へなんぞ、おまえだから来られたんだ。すまない、頭領」

苦しそうに顔をゆがめてしゃべるたびに、口から流れ出る血が、ほほを伝って流れ落ち、岩の上で水に混じって広がりました。

立ちすくんだまま、そんな三郎の有り様を目にしたとたん、もう、どんなに手を尽くしても助からないことくらい、頭領にも、はっきりと分かりました。

本当は、こんな時こそ自慢《じまん》の人間に化け、「しっかりしろ」と、そんな言葉の一つもかけて、出来ることなら、三郎を助けてやりたかったのです。そのために来たはずだったのに……。

「来てくれると思っていたよ。ごめんな、頭領」

虚《うつ》ろな目を空《くう》に向けたまま、三郎が、また言いました。

「こんなことになったのも、おいらが悪かったからだ。やっぱりバチが当たったんだ」

言っている三郎の目から、涙《なみだ》もひとすじ、ほほを伝って流れ落ちました。

「おいら、おまえが大好きだった。だから、どこで出会っても、今まで一度たりとも、おまえに弓を向けたことなど無かった。それなのに、今度ばかりは、欲に目がくらんで。済まない、頭領」

苦しそうに息を吸ったり吐《は》いたりしながら、三郎は、その場から頭領が逃《に》げて行ってしまうのを恐れでもするかのように、あえぎあえぎ懸命に話し続けました。

「キツネのすがたをしていても、おいら、おまえが自分の弟のような気がしてならなかった。それなのに、うかうかと権太《ごんた》さんの話に乗って……。すまない」

三郎の言う権太さんも、頭領が、だましたり、からかったりしてきたうちの一人です。なべそこ村の長百姓《おさびゃくしょう》を務《つと》めていて、その合間には桶屋《おけや》も営んでいる、村の中では、庄屋の太郎左右衛門さんの次にお大尽でした。

「頭領よぅ。おまえ、最近、桶屋の権太さんを、からかうか、だましたりしたことは無かったか？」

三郎に言われなくても、頭領には、ちゃんと心当たりがありました。

半月ほど前のことです。

その頃は、村も田植えの真っ最中で、峠を行き来する人まで途絶《とだ》えがちです。人が途絶えた峠で、退屈《たいくつ》をしていた頭領の目の前を、脇《わき》目もふらずに通り過ぎて行ったのが、桶《おけ》屋の権太さんでした。

頭領は、深く考えもせず、汗《あせ》をかきかき、必死で峠を越えて行った権太さんを追いかけ、せっかく越えた長い峠道を、あちらのふもとから、こちらのふもとへ、さらにまた、こちらからあちらへと、何度も行ったり来たりさせたのです。

頭領にとっては、それくらいのいたずらなど、毎度のことでした。けれども、毎度のような、その軽いいたずらのせいで、汗どころか、しまいには、泡《あわ》まで吹《ふ》いてへたり込み、権太さんは、とうとう、嫁《よめ》さんの在所の父親の死に目に、会えなくなってしまったのです。

権太さんの嫁さんの在所は、ごんげん山の、さらに向こうの、あちら村だの、こちら村だのという、山のふもとの村をいくつも越《こ》えた所にある、ひなた村です。

そこは、なべそこ村とは大違いで、村の名前のとおり、日当たりが良く、土地も豊かで、作物もよく育って、見るからに明るい感じのする村でした。

権太さんは、一人で先に帰っていた嫁さんから、「お父っつぁんが危ないから、すぐ来てほしい」という知らせを受け取ると、大切な田植えも後回しにして、支度《したく》もそこそこに家を飛び出し、必死でひなた村へ向かったのですが、峠で頭領のいたずらに遭《あ》い、思わぬ時間を取られて、とうとう、お義父《とう》さんの死に目に会えなかったのです。

「こんな大事な時に、いったい何をしておったんじゃ」

「知らせをやってから、どれだけ経っておると思うておるんじゃ」

「嫁の里など、どうでもよいとでも、思うておるんかい」

権太さんは、嫁さんの里で、おとむらいのあいだじゅう、そして、すぐその後の法事の席でも、こんなふうに、嫁さんの親類縁者《しんるいえんじゃ》から小言を言われ、帰ってきた後も、里で肩身の狭《せま》い思いをさせられたと、嫁さんからも、散々に怒られたり泣かれたりしました。

大切なお義父さんのおとむらいの席で、「キツネにだまされて遅《おく》れた」などと言ってみたところで、信じて貰《もら》えないばかりか、「間に合わなかった言い訳が、それか」と、もっと責められたに違いありません。

それもこれも、みんな頭領のせい。

日が経つにつれて、権太さんは、我慢ならなくなりました。

こんな荒《すさ》んだ気持ちで田植えをしてみたところで、良い米など、育つわけがない。横着《おうちゃく》をしていて遅れたわけでもないのに、貧しいとはいえ、なべそこ村の長百姓まで務めている、この自分が、これから先も、嫁さんや、その里から、こんなふうに、泣かれたり小言を言われたりするのかと思うと、やりきれない気持ちでいっぱいになりました。

このままでは、気持ちが収まらない。頭領をとっ捕《つか》まえて、里で言われた小言の百倍も千倍も文句を言ってやらねば、どうにも、腹の虫が収まらない。

そこで浮《う》かんだのが、三郎でした。

頭領と三郎は、仲が良い。

そんなうわさも聞いていました。だから、頭領を捕まえようと思うなら、三郎に頼《たの》むのがいちばんだと、権太さんは、そう考えたのです。

「庄屋さんからのお達しもあることだから、殺してこいとまでは言わん。難しいとは思うが、とにかく、頭領を捕まえてこい。それだけでいい。そうしたら、金一枚をほうびにやろう。どうじゃ、三郎。銀ではないぞ。金一枚あれば、婆さまに、毎日ごちそうを食べさせてやれるし、温かい布団にも、寝させてやれるじゃろう」

権太さんは、他にも立て続けに甘《あま》い話を並べ、捕まえて頭領に文句を言いたいだけならと、とうとう、婆さま思いの三郎を、その気にさせてしまいました。

無理もありません。その頃の金一枚は、お米がたっぷり一年分は買えて、山の中の暮らしでは、貴重な塩や醤油《しょうゆ》なども余るほど買えて、もしかしたら、婆さまのために、軽くて温かな布団の一組くらいは、買えるかも知れません。すり減った一文銭《いちもんせん》しか手にしたことが無い、そんな貧しい暮らしをしている三郎にとって、金一枚は、一生見ることも出来ないほどの大金だったのです。それだけあれば……。

「おいら、その話に飛びついた」

三郎は、岩の上に横たわったまま、苦しい息の下から言いました。

「親父やおふくろたちが亡くなった後、まだ赤ん坊だったおいらを、婆さまは懸命に育ててくれた。それなのに、おいらは婆さまに、ちっとも楽をさせてやれないままだ。情けない、ふがいないと思っていたところへ、そんな話をされたものだから、つい、飛びついてしまった。それが、こんなことに……」

「しゃべるなっ」

と、頭領は思わず、そうした三郎の話を、さえ切りました。

黙《だま》らせなければ、三郎は死んでしまう。そう思う気持ちが、一瞬で、頭領を人間のすがたに化けさせたのです。キツネのままでは無理でも、人間に化けさえすれば、頭領は、化けた人間そっくりの声音《こわね》で、口も利けました。

「それ以上しゃべると、本当に死んでしまうぞ」

言いながら、頭領は、泣きたいくらいの気持ちになりました。元はといえば、自分のいたずらが招いたことです。知らなかったとはいえ、「済まない」と詫《わ》びなければならないのは、他ならぬ自分だったのです。

道理で、矢が当たらなかったはずだと、頭領は思いました。

三郎には、自分を殺す気など、ハナから無かった。不用心に歩いている自分など、三郎の腕《うで》なら、矢一本で軽々と仕留められたはずだし、第一、あのヘナヘナ弓は、なんだ。

それこそ、三郎が自分を殺す気など、チリほども無かったという証拠じゃないか。そうだと分かっていたなら、さっさと三郎に捕まってやって、気の済むまで、権太さんの小言を聞いてやったのに。そうすれば、大好きな三郎を、こんな目に遭わせずに済んだ。

ああ、おいら、なんてことをしてしまったんだろう。

「しゃべるな」という頭領の声が聞こえたのか、ギュッとつむったままの三郎の目から、また涙があふれ出て、ほほを伝い落ちました。

「すまない。欲に目がくらんで、おまえを追い回したのに……。それなのに、こんなに危ない所へまで、おまえは来てくれた……」

「しゃべるなって、言っただろう。それ以上しゃべると、本当に……」

たまりかねて、頭領は、もう一度、強く言いました。けれども三郎は、頭領の忠告を聞こうともせず、苦しい息の下から、懸命にしゃべり続けました。

「いいんだ。もう分かっている」

「…………」

「だけど、おまえ。人間に化けるのが、本当にうまいなぁ。みんなが、コロッとだまされるはずだ。やっぱり、頭領と呼ばれるだけのことはある」

「………」

　年老いた婆さまと二人きりで、その日暮らしをしているだけの三郎は、これまで、頭領にだまされたことなど、一度たりともありませんでした。だから、頭領が人間に化けて、誰かをだましたと聞かされても、その化けぶりが、どれほどのものなのか、見当すらつかなかったのです。

「なぁ、頭領。おいらの最期の頼《たの》みだ。今、そこで、おいらに化けて見せてくれないか」

　三郎の頼みに、頭領は、一瞬、耳を疑いました。

「三郎。おまえ、こんな時に、何をふざけたことを言ってるんだ。それどころじゃないだろう」

「死にかけてるっていうのに……」と、また言いかけ、頭領は、あわてて口をつぐみました。

「分かってる。もう、ちゃんと分かってる。だけど、おまえは、おいらを心配して、こんなに危険な所まで来てくれた。だから、その優《やさ》しい心根《こころね》に甘えて、なんとしてでも、頼みたいことがあるんだ」

「分かったよ。おまえに化けて見せてやれば、いいんだな」

こんな時に……と思いながら、頭領は、三郎の最期の頼みとやらを引き受けてやることにしました。

旅人や商人や、時には、庄屋の太郎左右衛門さんに化けたりしてきた頭領には、いつも出会っている三郎に化けるくらい、造作も無いことでした。

三郎のほほにある傷あとだって、たとえそこが、今は、張り付いた葉っぱの下に隠れていても、どれほどのものかも、とっくに分かっていました。

頭領は、狭い岩の上でヒョーンと飛び上がり、クルッと、後ろ向きになったと思ったとたん、これでどうだと言わんばかりに、三郎のほうへ向き直って見せました。

濡れた岩の、滑《すべ》りやすくて狭《せま》い場所でのことでしたから、頭領も必死でした。けれども、頭領が向き直ったとたん、三郎の体に身を寄せてうずくまっていたシロが、思わず飛びつきそうなそぶりをし、ハッとしたように身をすくめました。

頭領の技は、シロでさえ、一瞬、本物の三郎と錯覚《さっかく》するほどの、それは見事な化けぶりだったのです。

「どうだ、三郎。これでいいか」

頭領は、シロに構わず、胸を張って見せました。

「ああ。見事なものだ。おまえ、おいらの顔の傷あとまで、ちゃんと知っていてくれたんだなぁ。たいしたもんだ。そこでだが……」

「誰か、村の人を呼んでこようか」

頭領は、あわてて、三郎の話をさえぎりました。

ふざけて化けて見せている場合ではありません。三郎は、体を動かすことさえ出来ないでいるのです。どこかの骨が折れてでもいるのか、時々顔をしかめ、激しい痛みをこらえながら、必死でしゃべっているのです。

「体が痛むんだろう。動かないで待っててくれ。おいら、誰か、他の者に化けて、村の人たちを呼んできてやる」

「いや。いい。行くのはよしてくれ」

と、三郎が言いました。

「誰も呼ばないでくれ。おいらが谷へ落ちて死んだなどと、誰にも知らせないでくれ」

「誰にも知らせるなって。冗談じゃない。こんなことになっちまって……」

「だから……なんだ。だから頼みが……。今度こそ、最期の頼みだ。頭領。頼むから聞いてくれ」

三郎は、懸命に言い続けました。

「なぁ、頭領。おいらが、婆さまと二人っきりで暮らしていることくらい、ちゃんと知ってるよな。婆さまは、おいらだけが頼りなんだ。その婆さまを、一人ぼっちにして逝《い》くなんて、おいらには出来ない。出来ないんだっ」

「…………」

目から、いっそう涙をあふれさせ、声を振《ふ》り絞《しぼ》り、必死で話す三郎に、頭領は、言葉を失いました。そんな頭領に、三郎は、さらに、無理難題を持ち出しました。

「だから、無理を承知で頼むのだが、なぁ、頭領。おいらに化けた、そのままのすがたで、ここから、シロを連れて帰って、婆さまと一緒《いっしょ》に暮らしてくれ」

「なんだって？」

頭領は、三郎の頼みに、思わず耳を疑いました。キツネの自分が、三郎に化けて帰って、婆さまと一緒に暮らせだなどと……。

「頼む。このとおりだ。おいらが死んだなどと知らせて、婆さまを、悲しませないでくれ」

「そりゃあまた、無理な頼みだなあ」

いくら、頭領と呼ばれているほどのキツネでも、それは、本当に無理な頼みでした。

「分かっている。だけれど、婆さまは、むかし、大切な家族を、いっぺんに亡くして、散々、悲しい思いをしているんだ。だから……、もう、これ以上……」

三郎は、苦しい息の下から、懸命に頼み続けました。

「無理は承知だ。だけど、他に方法が無いんだ。おまえなら出来る。それに、このシロは、賢い犬だ、おいらの言葉も、婆さまの言うことも、ちゃんと分かる。だから、きっと、一生懸命に助けてくれるはずだ。シロと一緒にいれば、誰も、おまえがキツネだなどと思いはしない」

三郎に寄り添っていたシロが、「信じてくれ」と言わんばかりに、頭領を、じっと見つめました。

「うまくいけばいいがなぁ。おいら、ちょくちょく、人間をだましはしてきたけれども、人間に化けて、人間と暮らそうなどと、そんな大それたことなど、これまで、一度だって考えたことがない。ごくらく茶屋のお花ばあさんが、凍えて眠《ねむ》れないでいた時も、キツネのすがたそのままで、急いで、布団に潜《もぐ》り込んでやっただけだし、ばれたら、どうするんだ」

「ばれたからって、誰が恨《うら》んだりするものか。それでも、どうしても困った時は、五平さんに相談してくれ。あの人なら、きっと黙《だま》って助けてくれるはずだ」

五平……、ああ、六地蔵《ろくじぞう》の五平さんか。

と、頭領は合点《がってん》しました。

五平さんも、村では評判の働き者でした。両親と妹のお千ちゃんとの四人で、今も仲良く暮らしています。

五平さんも、評判どおりの働き者ですが、妹のお千ちゃんも、村一番の器量よしで、気立ても良くて、やっぱり働き者でした。だから村人たちは、

「五平さんは、みんなの幸せを願って、村の入り口に、お地蔵さまを六つも並べて建《た》てたくらいだから、その御利益《ごりやく》と人柄で、そのうちには、蔵まで並べてみせるだろう」

などと、うわさ話をしているほどです。

五平さんは、自分の妹のお千ちゃんを、ゆくゆくは、三郎のお嫁さんにしてやろうと考えていました。幸せは、金や蔵の多さなどで決まるものではない

と、そんなことくらい、五平さんは、百も承知でした。それでも、妹を嫁《とつ》がせるのは、三郎の暮らしが、あと少し良くなってからと、そんなことを考えているうちに、自分の知らない所で、とんでもない事件が起きてしまっていたのです。

「頭領。おまえ。五平さんを知ってるだろう？」

「六地蔵の五平さんだろ？　よく知っているというほどでもないが、まあまあ知っている口だな。でも、おいら。五平さんにまで、いたずらをした覚えは無いぜ。まじめな働き者らしいが、まだ、そこまでのお大尽じゃなさそうだからな」

頭領の話に、三郎は、フッと笑いました。そんな三郎に、頭領は、あわてて言いました。

「そりゃあ、流行《はや》り病《やまい》が村に入って来た年に、石のお地蔵さまを六体も彫《ほ》って、村の入り口に建てたって話だから、そっちの腕前は認めるけれどな」

「そうだったたな。だけど、五平さんは、気立てのいい人だし、おいらも、弟のようによくして貰ってきた。だから、困った時は……」

「『困った時は……』って、おいら、まだ引き受けたわけじゃない。やっぱり無理だ。どう考えたって、真っ先に婆さまにばれるさ」

頭領は、引き受けそうになっては、怖《お》じ気《け》づいて尻込《しりご》みしました。

キツネが人間に化けて、人間と一緒に、一つ屋根の下で暮らすなんて……。だいたい、そんな大《だい》それたことまでやってみせたキツネの話など、頭領でさえ聞いたことがありません。

「いや、うちの婆さまは、もう目も弱ってきているし、耳だって、かなり遠くなっている。それに、一日じゅう、婆さまと一緒にいるわけじゃない。今日みたいに、シロと一緒に出歩いていたら、誰にも分かりゃあしない」

「うまくいけばいいがなぁ」

「頼む。おいらの最期の頼みだ」

必死にすがる三郎の、その声は、今にも、フッと途切れてしまいそうでした。

ここでグダグダと押問答《おしもんどう》をしているあいだに、三郎に死なれでもしたら、それこそ取り返しのつかないことに……。気がつけば、ここまで来てしまっていたのが、運のツキ。こうなったら引き受けるしかないと、頭領は、ついに決心しました。

「分かった。それに今度のことは、おいらにも責任がある。済まないから、なんとかやってみるけれども、ばれたからって、恨まないでくれよ」

「誰が恨んだりするものか。あぁ有り難い。おまえ、引き受けてくれるんだな。済まない、頭領」

立て続けに言ってから、三郎は、安心したようにフゥッと深い息を吐《は》きました。驚いた頭領が、息を確かめでもするかのように、三郎の顔に自分の顔を寄せ、

「しっかりしてくれ。おいら、まだ、聞いておきたいことばかりだ」

と、そのまま、必死で声をかけ続けました。

「駄目《だめ》だ。もう、目が見えなくなってきた」

そう言うと、三郎の目が虚《うつ》ろになり、辺りをさ迷い出しました。

「三郎っ。まだ早いよ。まだ、言っておきたいことがあるだろう。ほら、言っ

てみろよ」

頭領が、なおも必死で呼びかけると、三郎は、虚《うつ》ろな目を開け、

「ああ、そうだった」

と、うわごとのように言いました。

「もう一つだけ、肝心《かんじん》なことを忘れていた。キツネのおまえには済まないが、おいら、油あげが苦手なんだ。あれを食うと、どうしてだか、体じゅうに蕁麻疹《じんましん》が出る」

「油あげ！」

よりによって、なんで、油あげなんだよ。あんなにうまいものを……。おいら、中身はキツネだぜ。油あげなんぞ、おいら、お花ばあさんから恵《めぐ》んでもらって、ほんの時たま口にするだけだ。三郎、それはないよ。

「済まない。本当に……」

三郎は、消え入りそうな声で、詫《わ》びを言いました。

「分かった。食わなきゃあいいんだろ、食わなきゃあ。ったく。それから何だ

っ。他にも何かあるのか」

頭領の口ぶりが、ヤケっぱちのように聞こえたのか、三郎は、フッと笑みを浮かべ、一度うなずいて見せると、今度は、傍《かたわ》らに寄り添っていたシロを抱《だ》き寄せ、最後の力を振り絞《しぼ》るようにして話しかけました。

「シロ。今までありがとうよ。こんなことになって、おまえにも心配かけるが、聞いていたとおりだ。これからは、頭領をおいらだと思って、助けてやってくれ。いいな。婆さまのためだ。これからは、……頼んだぞ、シロ」

苦しい息の下から、懸命にシロに話しかけていた三郎の声が、もう聞き取れないほど、か細くなり、そして、とうとう、フッと止まりました。

「三郎っ」

頭領は、思わず三郎の体に飛びつきました。けれども、さすがの頭領にも、濡れた岩の上にドタリと横たわった三郎の体を起こすことなど、出来るわけもなく、小柄でも頑丈《がんじょう》そうな三郎の体は、持ち上げたごとしただけでも、頭領の手の先から、冷たい岩の上へ、ズルズルと簡単にずり落ちてしまいました。

シロは、前足で岩をかきむしり、ウオオーン、ウオオーンと、しぶきの飛び散る谷に向かって、何度も遠吠えをしました。

三郎と話していた時は、感じもしなかったのに、谷間を吹き抜ける冷たい風の中で、シロの悲しげな遠吠えを聞いていたら、足の裏から、寒さや心細さがゾクゾクと這い上がってきました。

「えらいことになっちまったなぁ」

岩の上に横たわっている三郎を見つめ、頭領は、心底、そう思いました。

「シロ。頼むから、もう泣かないでくれ。気持ちは分かるけれども、今は、悲しんでいる場合じゃないだろう?」

そうだ。悲しんでいる場合じゃない。三郎との約束を果たさなければと、頭領は、自分に何度も言い聞かせ、シロにも、しっかりするようにと言いました。

我に返って、辺りを見回してみても、誰一人として来たことも無いような、こんな深い谷の途中に取り残されているのは、犬とキツネ。言ってみれば、ケモノばかり。

「なぁ、シロ。悲しむのは、もう止そう。足元の明るいうちに、元気出して、何も無かったような顔をして、一緒に、婆さまのところへ帰ろ。それが、三郎の、最期の願いなのだから」

山菜採りの季節は、とうに過ぎ、すでに夏を迎《むか》え出してはいても、裏山の、狭くて深い谷の底は、日が陰り出すのも早いものです。

三郎から離《はな》れようとしないシロを、励《はげ》ましたり叱《しか》りつけたりしながら、力を合わせて、取りあえず、三郎の体を崖のふちに凭《もた》せかけました。そうしておけば、よほどの大雨が降らないかぎり、三郎が、谷へ流されてしまう心配がなく、誰かに見つかる心配も、無いはずでした。けれども、死んでしまった三郎を置き去りにして、谷を下っていくうちに、頭領は、泣きたいくらいの気持ちになりました。

自慢のいたずらが、大好きだった三郎を死なせてしまい、シロからも、大切な主人を奪《うば》ってしまったのです。

「シロよぅ。おいら、おまえにも謝るから、これからは見てのとおり、おいらを本物の三郎だと思って、しっかり助けてくれよな」

頭領の、その言葉に、シロは、ウウゥーと、口ごもるようになってから、キャンキャンキャーンと、谷の先まで響《ひび》き渡《わた》るほど悲しげに吠えました。頭領には、そんな吠え方しか出来なかったシロの気持ちが、今になって痛いほど分かりました。

山で命を落とした主人のそばを離れず、そのまま、自分も衰弱《すいじゃく》して一緒に死んでいった犬の話を、茶屋岩の上に寝そべったまま、頭領は、以前に聞いた覚えがあったからです。

その時は、そんな話も、人間どもの茶飲み話の一つだろうと、軽い気持ちで聞いていただけでした。それが今、こうして、実際に主人を亡くして悲しんでいるシロのすがたを見たら、頭領は、自分が犯した罪の重さを、改めて思わずにはいられませんでした。

ああ。おいら、なんてことをしてしまったんだろう。

知らず知らずのうちに、しょげきって歩き出していた頭領を、今度は、シロが、足元から心配げに見上げ、そして、いきなり、「ワンワンワーン」と吠えかかりました。

「ああ、分かった。おいら、三郎と約束したんだものな。なんとか、頑張ってみるよ」

いきなりシロに吠えられた頭領は、自身を奮い立たせ、さらに言いました。

「シロ。頼りにしているからな。だけど、考えてみたら、今は、キツネのおいらも、犬のおまえも、祖先は同じ、強くて賢い、オオカミの仲間だったはず。だから婆さまのためにも、これからは、助け合って仲良くやっていこう。なぁ、シロ」

悲しみは、ひとまず深い谷に残し、頭領とシロは、寄り添いながら、こうしてひっそりと、婆さまの待つ家へ帰っていきました。

第三章　力を合わせて

三郎と婆さまの家は、村の外れの、そのまた、外れにありました。

頭領たちにとって幸いだったのは、三郎の家が、里の集落とは、かなり離れていたことです。そのおかげで、普段から、村人たちの往来や出入りが、ほとんど無い場所でした。そして、そこが、三郎の家だということも、頭領は、とうに知っていました。

わらぶき屋根の、粗末《そまつ》な母屋《おもや》の横には、厠《かわや》。そして、その隣《となり》には、少し離れて、小さな物置き小屋がありました。頭領は、シロの案内で、先にそこへ行くと、どうせなら、自分たちが帰ったことを、母家にいる婆さまが先に気づいてくれるようにと、建て付けの悪い小屋の戸を、これ幸いとばかりに、ガタガタと音を立てて開け、小屋の中へ入り込みました。

小屋の中には、いくつもの弓と矢、そして、何十足もの束ねたワラジが、かべにぶら下げてありました。狭い小屋ながら、むしろを敷いた、三畳《さんじょう》ほどの板の間もしつらえられていて、土間には、ワラくずなども散らかっているところを見ると、三郎は、天気が悪くて出かけることも出来ないような日などは、ここでワラジを編んだり、そのまま寝泊《ねと》まりもしていたようです。

そうか。母屋よりも、なるべく、こちらにいればいいってわけだ。それに、ここなら、ゆったりと、横になって寝られそうだし……。

けれども、さらに目を転じて見回せば、かべにかかっている弓は、どれも自分をねらった弓よりも大きく、バネも強そうな物ばかりです。小屋の中からは、三郎の思いやりや、息づかいまでが聞こえてきそうで、ホッとしたのも束の間、頭領は、改めて肩を落としました。

やっぱり、三郎は、自分を射貫《いぬ》くつもりなど、ハナから無かったばかりか、自分が、婆さまを置いて先に死ぬなんてことなども、まるで考えもしていなかった。

　それならそれで、どうして理由《わけ》を言ってくれなかったんだ。おいら、いつも茶店の脇《わき》の茶屋岩の上で、こっそりと、人間の話を聞いていた。だから、人間の言葉なんぞ、たいていは、分かっちまうんだ。おまえも、それくらいは知ってただろう？　おいらを追いかけていたあの時、少しでも、理由を言ってくれていたなら、おいら、さっさと捕まってやって、桶屋の権太さんから、気が済むまで、引っぱたかれてやったのに……。それくらい、どうして、先に言ってくれなかったんだ。

　後の祭りだと分かってはいても、主《あるじ》のいない小屋の中で、頭領が、そんな思いに駆《か》られていた時、物置の戸が開く音を聞きつけた婆さまが、

「三郎かい？」

　と言いながら、母屋の戸口から、顔を出しました。

　婆さまの声を聞いただけで、頭領の心臓が、ドキンと飛び跳《は》ねました。それでも、一度深呼吸をすると、小屋から、体を半分ほど出し、

「ああ、今、帰った」

と、ひと言だけ、返事をして見せました。峠で、気の向くまま好き勝手に化けて、いたずらをしているのとは大違いで、それだけのそぶりをするのにも、今の頭領には、とても勇気のいることでした。

けれども、そんな頭領に、婆さまは、いつもどおりのシワシワ声で、また、言いました。

「ご苦労じゃったの。さあ、早う我が家《うち》に入って、飯にしよ。シロも、ご苦労じゃったの。腹が減ったじゃろう？」

婆さまがしゃべっているあいだ、息を殺して、聞き耳を立てていた頭領は、聞き終わったとたん、胸に詰《つ》まっていた重い息を、フゥーっと、思いっきり吐き出しました。そうして、足下にうずくまっているシロに、声をひそめて、言いました。

「大丈夫。気づかれていないようだ。こうなったら、もうジタバタするのは止そう。なぁ、シロ」

婆さまは、自分を、孫の三郎と思い込んでいて、疑いもしていない。そりゃあそうだよなぁ。考えてみれば、ちゃんと、こうして、三郎のすがたをした男が、愛犬のシロを連れて、いつもどおりに帰って来たんだ。誰が、このすがたを見て、中身がキツネだなどと思うものか。自慢じゃないが、一度見たきりの人間さまに化けるのだって、おいらには、朝飯前のことだったんだぜ。

そうだとも。おいらは、このごんげん山一帯に君臨してきた、頭領ギツネだ。だから、いいか、頭領。おまえは今日から、婆さまの孫の、三郎だ。間違っても、オタオタするんじゃないぞ。今まで三郎がしてきたように、ただ、婆さまを大切に思って暮らせばいい。それが一番の方法だし、そうすることが、今のおまえに出来る、一番のつぐないなのだからな。いいな。どんな時も、「なんの、これしき」と、そう思って頑張るんだ。それでこそ、ごんげん山の頭領ギツネだ。

シロには、「大丈夫だ」と強がって見せても、不安と心配でくじけそうになる、自分自身の胸に、頭領は、そんなふうに何度も言い聞かせ、シロにも念を押しました。

「シロ。分かってるな」

谷で、瀕死《ひんし》の三郎に寄り添っていたように、頭領の足下に寄り添っていたシロが、

「クン」

と、小さく吠えて見せました。

「よし、じゃあ行こう」

頭領は、物置を出て、ようやく、粗壁塗《あらかべぬ》りの粗末な母屋へ、足を踏み入れました。

母屋の勝手口の先には、澄《す》んだ小川が流れていました。そして、土間の隅には、形ばかりの台所があり、囲炉裏のある板の間の隣りには、破れ障子をへだてて、むしろを敷いただけの小さな部屋が、二つ並んであるばかりです。

その部屋の奥の一つを、婆さま。そして囲炉裏のある板の間は、普段から、居間として使っていたようです。その部屋の隅《すみ》に、せんべい布団が畳《たた》んで置か

れているところをみると、三郎は、そこでも寝起きをしていたのでしょう。布団からは、わずかにケモノの臭いがしています。

おぼろ気にでも、母屋の暮らしぶりが分かって、頭領は、少し安心しました。風呂は、有って無いも同然で、二人きりの暮らしでは、薪がもったいないからと、滅多《めった》に沸《わ》かすことも無かったのか、タライが置かれた、その床《ゆか》に、うっすらとホコリが積もっているところを見ると、婆さまは、風呂へ入りたくなると、どこかで、貰い風呂でもしていたようです。そして肝心の三郎も、たいていは谷川で体を洗って済ませていました。だから頭領も、三郎のしていたように、谷川で体を洗って済ませてくれればよいだけのこと。それで、ケモノの臭《にお》いも少しは消すことが出来るだろうし、婆さまが、不意に起き出してきたりして、あわやという瞬間があったとしても、すかさず、シロが土間から知らせてくれるはずです。今の頭領には、犬のシロだけが頼りでした。

「シロも、ご苦労じゃったの」

婆さまは、土間の隅にうずくまっているシロに、もう一度、いたわりの声をかけました。

「クン」

と、シロは、小さく返事をして見せました。それも、もしかしたら、シロと婆さまとの、いつものやり取りだったかも知れません。でも婆さまは、すぐに、

「どうしたんじゃ、シロ。今日は、元気のない返事じゃの」

と、けげんそうに言いました。

「獲物が何も捕《と》れなかったから、しょげてるのさ。シロ。元気出せ。明日から、また頑張りゃあええ」

三郎になり切ったつもりで言った頭領に、婆さまも当たり前のようにうなずいてくれました。

「そうともよ。シロ。三郎の言うとおりじゃ。いい日ばかりとは限らんでの。いちいち気にせんでもええ」

言いながら婆さまは、土間から囲炉裏のある板の間へ、ひざから先に、にじり上がって行きました。

ああ、有り難い。婆さまは、おいらを本物の三郎と思い込んでいるようだ。今もまだ、不安でたまらないけれども、この調子でやれるだけやってみるよ。「ばれたって恨まないでくれ」と、最初っから、その約束の上でのことだもんな。だから、おまえに成りきって、精いっぱいやってみる。それでいいよな、三郎。

けれども、頭領がそう心に決めても、心配なのはシロです。頭領に付き添って帰って来はしたものの、シロは、だらしなく土間にうずくまり、悲しい目をしたままでした。

「シロ」

と、今度は、頭領がシロの足元にしゃがみ込み、ヒソヒソ声でシロに言い聞かせました。

「何度言ったら分かるんだ。婆さまが心配するから、元気を出してくれ。おいらもまだ、自分のことだけで精いっぱいなんだから」

そんなふうに、なだめたりすかしたりして、懸命に言い聞かせてみても、シロは相変わらず悲しげな目で頭領を見上げ、それでも、「分かった」とでも言うように、土間にうずくまったまま、健気にシッポを二、三度振って見せました。そんなシロに、

「頼むぞ。シロ。今のおいらは、おまえだけが頼りなんだ。分かるだろ？」

頭領は、シロの頭をなでてやりながら、もう一度、本気で言って聞かせました。

「さあ、三郎。飯にしようかの。シロも、ほれ、ちゃんと食べなされ」

言いながら、わずかに煙の残る囲炉裏端《ばた》から、シロの餌《えさ》を運んできた婆さまを間近で見て、頭領は、また少し安心しました。

「婆さまは、目も耳も弱っている」と言った三郎の話は、どうやら本当のようでした。

味噌汁《みそしる》が熱すぎて少し困りながらも、さりげなく覗《のぞ》き込んで見たら、やっぱり味噌汁の中に、油あげは、かけらも入ってはいませんでした。それどころか、匂《にお》いすらしないところをみると、婆さまは、家の中へも油あげを持ち込ん

ではいないようでした。少しがっかりもしましたが、かえってこのほうが良いかもしれないと、頭領は思いました。どんなに我慢をしていても、知らず油あげの誘惑《ゆうわく》に負けてしまわないとも限りません。

三郎が座っていたらしい囲炉裏の角に、素知らぬ顔で座り込んだ頭領を、婆さまも当たり前のように受け入れてくれました。そのまま囲炉裏をはさんで、婆さまと食事をするあいだも、それとなく家の中を見回したり、あれこれと思案を巡らせているうちに、この分なら何とかやっていけそうだと、また少し安心しました。

そして、この日から、頭領には思いもしなかった人間としての日々が始まりました。朝は三郎の使っていた弓矢を抱《かか》え、朝飯もそこそこに、それこそ婆さまの目から逃《のが》れるように、シロとともに、そそくさと山へ向かいました。けれども、弓を射られそうになったことはあっても、射たことなど一度もありません。どんなにねらいすまして射てみても、木の枝にジッと止まっている小鳥さえ、射貫くどころか、かすりさえもしませんでした。

シロが、いつでも飛び出していかれるように身構えていても、空振りの繰《く》り返しです。そのうち、シロの役目は、フラフラとむなしく空《くう》を切って飛んで行った矢を探し出し、くわえて戻ってくることばかりになりました。

獲物を何一つ捕れないままの日々が過ぎて、季節も夏まっ盛り。太陽がギラギラと輝き、気がつけば、山は、いつしか濃《こ》い緑色に染まっていました。

季節が移り変わると、時の流れを感じていっそう心細さがつのり、それとともに自信も無くなって行きました。くじけそうになっては、また、カラ元気を出しての繰り返しです。

「シロ。済まないなぁ。やっぱり、おいらに三郎の身代わりなんて、最初っから無理な話だったんだ。だけど、あの優しい婆さまと一緒に暮らしていると、『三郎は、谷で……』などと、今さら、そんなむごい話など出来やしない。おいら本当に、どうしたらいいんだろう」

心に魔《ま》が差し、何もかも投げ出して、山へ逃げ帰ってしまいたくなった時も、何度かありました。でも、そんな時は、シロが怖《こわ》い顔をして、「三郎との約束は、どうした」とでも言わんばかりに、足下《あしもと》から頭領を睨《にら》みつけます。

そうした毎日の繰り返しに、気持ちもすっかり萎《な》え、体もクタクタに疲《つか》れ果ててしまい、人気《ひとけ》の無い山へ入った時などは、元のキツネのすがたに戻り、涼《すず》しい岩かげで一休みすることが多くなりました。

そんな日々の中、黙り込んで、シロと一緒に岩かげに伏《ふ》せっていた時のことです。目の前を大きなウサギが一羽、サッと横切りました。

見るや否や、頭領もシロも、反射的にパッとウサギに飛びかかり、その後は二匹して、噛《か》みついたりひっかいたりして、夢中で、ウサギとの格闘《かくとう》を続けました。

ウサギがグッタリとして動かなくなった時、頭領とシロは、初めてホッと安《あん》堵《ど》の顔を見合わせました。

「シロよう」

頭領は、三郎のすがたに戻ると、ホッと一息ついて言いました。

「おいら、山へ来た時だけ、今みたいに元のキツネに戻って、おまえと一緒に狩《か》りをしたほうが良いように思うのだが、どうだろう。おいらにも、さすがに弓は難しい。まだ今は夏の盛りだから、村の人たちは、山へ薪集《まきあつ》めにも来ないし、見つかる心配もないと思うんだ」

頭領の意見に、シロが「ワン」と、一声吠えて返事しました。

「やっぱり、シロも、そう思うだろ？　誰かに見つかりそうになったら、おいら、木の陰だろうと岩陰だろうと、すばやく身を隠せばいい。まぁ一番心配なのは、鉄砲撃《う》ちの兵六《ひょうろく》さんだが、この辺りの鉄砲撃ちは、兵六さんだけだし、これまでも兵六さんには、なぜだか、一度もねらわれたことがない。それに、狩猟《しゅりょう》が始まるのは、雪がちらつき出す頃だ。だから、そちらの心配よりも先に、こちらが獲物を捕ることの心配をしなければ」

もう、形振《なりふ》り構っている場合ではありません。三郎がしていたように、とにかく、獲物を捕って帰らなくてはならないのです。

ウサギだろうがタヌキだろうが、キツネ以外の獲物だったら何だって構わない。これまでも、三郎が獲物を持ち帰ると、婆さまは、村の高札場《こうさつば》へやってくる商人相手に、その獲物を金に換《か》えたり、暮らしに必要な品物と取り換えてもらったりしていました。

なべそこ村の、ちょっとした社交場代わりにもなっている高札場は、出かけていけば、村の人たちとも話が出来て、いろいろな情報や、うわさ話も聞けますし、そうしたことも、婆さまの楽しみの一つになっていたのです。

村の中心部にある高札場は、幕府からのおふれや、庄屋さまからのお達しが出るたびに高札が立ちます。だから、高札場と呼ばれているのですが、情けないことに、なべそこ村の人々の多くが、字を読めないというわけで、せいぜい読めても、平仮名くらいなものでした。まして、幕府からのおふれなどは、そんなことなどお構いなしに、漢字交じりの難解な高札が立つというわけで、誰も読めないような高札を立てても、あまり意味がないのですが、中には、読めない字は飛ばしながらでも、村人たちに読んで聞かせる奇特《きとく》な人もいます。

そして、この時の高札の一つは、庄屋の太郎左右衛門さんが、勝手に立てたもののようで、平仮名交じりのそれには、こんなことが書かれていました。

近頃。さっぱり頭領を見かけない。
ごくらく茶屋にも、さっぱりこない。
見かけた者は庄屋宅まで、
至急届けるように。　　以上である。

太郎左右衛門さんは庄屋さんだけあって、とても達筆です。でも、細かい所にまでは、あまり気が回りません。ですから、平仮名交じりのこんなでも、十分に気を使って書いたつもりなのです。で、この時も、少しばかり字の読める村人が、大勢の前で読んで聞かせました。

……さっぱり……を見かけない。
ごくらく茶屋にも、さっぱりこない。

見かけた者は、……まで、
……けるように。　　以上である。

読めない漢字を飛ばし飛ばしのこんなでは、さっぱり、誰を見かけないのか、ごくらく茶屋にも、誰が、さっぱりこないのか、それこそ、さっぱり分かりません。

「ごくらく茶屋なんぞ、水呑百姓《みずのみびゃくしょう》のおいらたちは、あまり寄らん場所だしのぅ」

「そうじゃのぅ。こんな村へやってくるような商人の数など、たかが知れておるし、誰か行方知れずになった者がおるようじゃが、生まれてこの方、ろくに村から出たこともないような、こんなに貧しい百姓のわしらに、そんなことを尋《たず》ねられても、それこそ、さっぱり分かるはずなど、ないわなあ」

「そうともよ。なべそこ村の住民なんぞ、みんな顔見知りじゃで、失《うしな》えた者が一人でもいたら、すぐにも分かろうというもんじゃ」

と、そんなこんなで、行方知れずになっているのは、てっきり人間だと思いこんでしまった村人たちに、高札は、ちっとも役に立たないまま雨風にさらされ、いつまでも立てられたままになっていました。

庄屋の太郎左右衛門さんは、深く考えることもしないまま、いつもの調子で、さらさらと書いてしまったというわけで、そんな時に、やっぱり字も読めない婆さまが、頭領たちが仕留めたウサギを、大きな風呂敷《ふろしき》に包み、よいしょっと背中に負ぶって、久しぶりに、その高札場へ出かけて行ったというわけです。

シロに留守番を頼み、頭領は、婆さまが出かけて行った高札場へ、どこの誰とも分からぬような若者に化けて、こっそりと様子を見に出かけて行きました。なにしろ、獲物は、婆さまが背負って行くのにも難儀《なんぎ》するほど、とびきり大きなウサギです。商人が、どんなに感心するだろうと、ちょっと聞いてみたくなったのです。

「ウサギかい」

と、商人は、婆さまが差しだしたウサギの耳を、無造作に掴《つか》んで言いました。

「これまでの物よりも、うんと重かったでの。立派なウサギじゃろが」

婆さまは、商人に言いました。

「しばらく婆さまが来ないから、三郎の捕って来た獲物も、さぞかし溜《た》まっておるじゃろうと思いきや、たったのウサギ一羽か。三郎は、病気でもしとったんかい」

「いいや。元気でおるわい。けど、近ごろは、なかなかと、獲物も捕れんようになってておるらしくての。なにせ、うちの三郎は、弓の名手じゃで、山の鳥やケモノたちも、遠くから三郎を見かけただけで、すばやく逃げて行ってしまうらしくての」

婆さまの話すことに、少しホッとしながら、三本松のかげで、なおも聞き耳を立てていると、

「それにしても、このウサギは何じゃ」

などと、商人はウサギの耳を持ち上げ、もっとひどいことを言い出しました。

「犬の噛《か》みあとが、いくつもついて、あっちこっち穴だらけじゃないかい。これじゃあ、襟巻《えりま》きにも出来んじゃないか。襟巻きにするならするで、もうちいと上等の、キツネかタヌキの皮でのうては、引き取れんのぅ」

「そうかい。それなら、もう頼まん。うちの三郎に、文句を付けるような者とは、これきり縁切りじゃ」

怒って言い出した婆さまに、商人は、あわてて言い足しました。

「まあまあ。そう怒りなさんな。三郎の腕前は、よう分かっておる。この次というこどもあるで、今日は、大まけじゃ。ほれ、持って行け」

婆さまをなだめるように言い、商人は、そばにあった安っぽいお椀《わん》を二つ差し出しました。

「会津塗《あいづぬり》の上等のお椀じゃ。それで、三郎と二人、あったかい味噌汁でもすするとええ」

商人にしてみれば、穴だらけのウサギの商品価値など、無いにも等しい代物でした。

安物のお椀でも、後々を考えての大盤振る舞《おおばんぶるま》いのつもりでした。それなのに、

「シロの分は無いのかい。知っておるじゃろう。うちには、シロという、家族も同然の、かわいい犬が一匹おるでの。二人分じゃあ足りんのじゃ」

と、婆さまは、またしても、負けずに言いました。

「まったく、婆さまにはかなわんのう。その代わり、この次は、立派なキツネを頼む。出来れば、頭領ほどのキツネをな」

三本松の涼しい木かげで、聞き耳を立てていた頭領は、商人の話にびっくりして、思わず、ヒョンと飛び上がりそうになりました。

ほめてくれるどころか、商人は散々に獲物をけなし、あげくは、頭領ほどのキツネを捕まえて来いなどと、とんでもないことまで言い放ったのです。

そのうしろには、「頭領を見かけたら……」などと書かれた高札まで立っています。幸いなことに、頭領も耳学問だけで、文字までは読めません。

そして、もう一人。高札場のかげから、婆さまと商人とのやり取りを、そっと見聞きし、けげんそうに首を傾げながら立ち去って行った男がいました。

「三郎や」

その夜の囲炉裏端で、婆さまは、目を細めて頭領に言いました。

「おまえが捕って来たウサギが、ほれ、見てみろ。こんなに立派なお椀三個にもなった。会津塗じゃそうな」

商人は、婆さまに、誰が見ても分かるような、安物のお椀を渡しました。そして婆さまも、そんなことなど、百も承知でした。

考えてみるまでもなく、山の奥の、こんなに貧しい村へ、高価な器を持ち込む商人など、滅多にいません。ましてや頭領は、会津塗のお椀など、これまで、見たことも聞いたこともありませんでした。それでも、婆さまが受け取って来たお椀が、会津塗などという、高価《こうか》な器でないことくらい、ごくらく茶屋を見慣れている頭領にも、おおかた見当がつこうというものです。

あの商人め。こんなに心根の優しい婆さまに、何てことを。覚えてろ。いつかまた、峠で、うんと仕返しをしてやるからな。

けれども、商人に腹を立てている頭領とは反対に、その晩の婆さまは、久しぶりに高札場へ出かけて行ったことが、とても嬉しかったようです。そのせいかどうか、この晩の婆さまは、話す言葉も弾《はず》んでいました。

「あの商人は、おまえの腕前をよう知っておるでの。『次は、頭領ほどのキツネを頼む』などと、たわごとを言うたが、頭領などと、とんでもない。もってのほかじゃ。おまえも分かっておるじゃろう。『頭領にだけは、絶対に手を出してはならん』と、これは、庄屋さまから村への、たってのお達しじゃ」

「…………」

婆さまの話に、頭領は、首をかしげました。

庄屋の太郎左右衛門さんは、頭領が一番悪さをしてきた相手です。それなのに「手を出すな」とは、合点のいかない話です。

「おいらも、頭領に手を出すつもりはないが……。けど、あのいたずら者の頭領に『手を出すな』とは、どうしてかのう」

自分で自分をけなしながら、思い切って聞いた頭領に、

「さあなぁ。ほんに、どうしてじゃろう」

と、婆さまも、一緒になって首をかしげました。

「…………」

「けど、わしらが飢《う》えもせず、こうして、雨露《あめつゆ》しのいで暮らしておられるのも、みんな庄屋さまのおかげじゃ。いいか、三郎。庄屋さまのご恩だけは、決して、忘れるでないぞ」

「……ああ、分かっておる」

さも分かったふりをして、返事をしたものの、婆さまの話には、頭領が知りたいことへの答えが、一つもありませんでした。

もしかして、五平さんなら知っているかも知れないと、頭領は、その時、ふと思いました。困った時は頼めと、息を引き取る間際に、三郎が言った、六地蔵の五平さんです。

夏の盛りがそろそろ過ぎようとしていても、これまでの獲物といえば、傷だらけで、商品価値も無いようなウサギが、たったの一羽。

さすがの頭領も、気が滅入って、また、元気の無い日が続きました。

ああ、おいら。本当に、えらいことを引き受けちまったものだ。これは、きっと、人をだまして笑いものにして、どんなもんだなどと、いい気になっていた、その報いに違いない。だけれど、婆さまは、今も、おいらを三郎だと思い込んでいて、手ぶらで帰ってくるおいらにも、不平一つ、こぼしたことがない。こんなに優しい婆さまに、今さら、おいらは、頭領ギツネだ。本物の三郎は、今、谷底の冷たい岩の上に……などと、そんなむごいことを、どうして言えよう。ああ、弱っちまったなぁ。おいら、本当に、どうすればいいんだろう。

夜。そんな元気の無い頭領に、婆さまが、さりげなく言いました。

「どうかのう。三郎。ウナギなら、金にもなるし、そろそろ、アユも上ってきておるじゃろ。一度行ってみてはどうかの。わしも、そろそろ、今年のアユが食べとうなった」

ウナギは、つかみ所のない獲物です。見つけた後、両手で押さえつけて、食いちぎろうとしても、首に巻きつくなどして抵抗《ていこう》してくる、厄介者《やっかいもの》です。それだけに、頭領も滅多にありつけないごちそうでした。

土間で、婆さまの話を聞いていたシロも、ウナギと聞いて、クイッと首をもたげました。

すばしこくて、捕るのが難しい、アユやウナギでなくても、頭領とシロは、山へ行くたびに、沢ガニなどを捕まえ、分け合って腹の足しにしていました。

贅沢など言ってはいられなかったのです。なのに、今の今まで、力の強いシカやイノシシなどは、ハナからあきらめ、ウサギやタヌキなど、自分たちでも捕れそうなケモノばかりを、毎日、懸命に追い続け、魚を取るという手立てがあったことに、まるで気づきもしなかったのです。

そうだ。魚があった。

頭領は、生き返ったような気分になりました。

そういえば、小屋の隅には、網《あみ》やビクや釣《つ》り竿《ざお》などが、束《たば》ねて置いてあったっけ。

狩りばかりにこだわって……。ああ、なぜ、もっと早く気がつかなかったのだろう。

やっぱり、おいらは、ケモノだ。チエが足りない。

「アユか……。今の季節だと、どの辺りがいいかのう」

「いつも行っている所で、どうじゃ」

「ああ、そうだな。明日にでも行ってみよう」

頭領は、再び、元気を取り戻しました。

三郎が魚を捕っていた場所なら、おぼろげにでも覚えています。小駄良川《こだらがわ》の支流にある、どんでん川の瀬《せ》の辺りだったら、もしかして、アユが捕れるかも知れませんし、ウナギなら、少し川下の、流れのゆるやかな、カワセミ淵《ふち》辺りです。そこでは、いつも、カワセミまでが、木の上から魚をねらって、くちばしから、淵の中へと盛んに飛び込みをやっています。

「シロ。明日は、どんでん川へ行くぞ」

頭領が、土間の隅にうずくまっているシロに向かって言うと、シロが、土間から「ワンワンワンワン」と、元気に返事をしました。

元気な返事をしたシロに、婆さまは楽しそうに笑いましたが、頭領は、文句の一つも言ってやりたいくらいの気持ちになりました。

シロ。おまえ。三郎が魚を捕りに行っていたことくらい、ちゃんと知っていたんだろう？　どうして教えてくれなかったんだ。小屋の中で、網やザルをくわえて見せてくれたら、それだけで、すぐに（ああ、魚捕りか）と、おいらにも分かったのに……。

婆さまの話に、救われたような気持ちになった頭領が、ちょっぴり、シロに不満顔をして見せると、今度はシロが、「それくらいのこと。頭領とまで呼ばれるほどのキツネだったら、ちゃんと気がつけよな」などと言わんばかりの目で、土間から、頭領をジロッと睨み返しました。

それでも、網さえあれば、アユが食べたいという、婆さまの願いを、明日は、かなえてやれそうだと思うと、三郎との約束が、少しだけでも果たせそうに思えて、頭領は、久しぶりに明るい気持ちになりました。

魚、魚、魚、これからは魚だ。

まだ夏が続いている。川へ入るのにも気持ちの良い季節。そして、すぐに、実りの秋が来る。そうしたら、今度は、キノコの季節。マツタケや椎茸《しいたけ》。舞茸《まいたけ》やクリタケ。ツキヨタケやテングタケ。おっと、いけない。ツキヨタケもテングタケも、毒キノコ。目の悪い婆さまが、そのままナベに放りこんで、味噌汁の具に……、冗談じゃない。おいら、うっかり、婆さまを殺しちまうところだった。婆さまは、目が悪いんだ。気をつけてやらなければな。くわばら、くわばら。

まだまだ残暑厳しい夏だというのに、もう秋の夢まで思い浮かべて、頭領は、勇気も元気も、そして希望までをも取り戻しました。

さあ、これでもう、大丈夫。

第四章　捕れるのは雑魚《ざこ》ばかり

明くる朝。

頭領は、小屋の中にある網を見つくろい、小さいビクもちゃんと持ち、シロをお供に、勇んで、どんでん川の瀬の辺りへ出かけて行きました。

澄んだ水が岩をかみ、流れも速くて、いかにも、アユのいそうな場所でした。けれども、頭領は、アユという魚を、おぼろげに知ってはいても、捕る方法など、まるで知りませんでした。水の中へ入って、精いっぱい網を張ってみても、すくい取れるのは、苔や小石に混じった、雑魚ばかり。

まだ、ここまで、アユが上《のぼ》ってきていないのかもしれない。

そう考えて、少し川下の、流れの緩《ゆる》やかな場所へ移動してみても、そこで捕れるのも、やっぱり、カワムツやウグイなどの、雑魚ばかりでした。

仕方なく、網にかかった魚は、片っぱしからビクの中へ放り込みました。

「シロ。どれが、どんな魚か、分かるか。どれも、アユじゃない。それくらいは、おいらにも分かるんだか」

中腰になったまま、頭領が、川の真ん中に網を仕掛けながら、岸にいるはずのシロに、話しかけたとたん、

「そうだ。どれも、雑魚ばっかりだ」

と、岸から、いきなり若い男の声がしました
シロであるはずがありません。頭領は、そのまま腰を抜かすほど驚き、網をつかんだまま、水の中で固まってしまいました。

「三郎っ」

男は、再び岸から声をかけると、水の中で固まっている、頭領の背中に向かい、

「誰だ。おまえ」

と、鋭《するど》い目を向けたまま、立て続けに問いかけてきました。。

ちゃんと、三郎と呼んでおきながら、「誰だ」もないものだと、頭領は思いました。

「おいら、三郎だ。見たら、分かるだろう」

頭領は、岸に背を向けたまま、精いっぱい強がって、返事をしてみせました。それなのに、岸からは、もっと激しい言葉が返ってきました。

「いや、三郎なんかじゃない。三郎が捕るのは、アユやイワナや、ヤマメだ。こんな雑魚など、捕りゃあしない。見てみろ。このビクの中を。カワムツにウグイに、カジカまでいる。何だ、この雑魚は」

「…………」

存分に言い返されて、頭領は、くちびるを噛《か》みました。

魚が何だって、いいじゃないか。せっかく、うまくいきそうになってきたのに……。

いいから、放っといてくれ。おいらだって、今、必死なんだ。

シロ。そこで、何をしているんだ。どうして、そいつを追い払ってくれないんだよ。

突然の出来事に、頭領は振り向く勇気もなく、ただ、男が立ち去ってくれるようにと願いました。けれども、男は立ち去るどころか、なおもしつこく聞いてきました。

「おまえ。いったい、どこの誰だ。どうして、三郎のフリなどしているんだ。本物の三郎だったら、声を聞いただけで、おいらが誰かくらい、いっぺんに分かるはずだ」

男にそこまで言われた時、もしかして、岸にいるのは、六地蔵の五平さんではないかと、頭領は思いました。

知っているというだけのことで、それほどよく分かっている相手ではないけれども、どのみちバレるのだったら、三郎の言っていた、六地蔵の五平さんであってほしい。

そして、その気持ちが通じたように、岸から、男が、また言いました。

「おらぁ、五平ってもんだ。石屋の五平だ。この近辺の村じゃあ、『六地蔵の五平』などと呼ばれている。三郎とも、一緒にアユ漁を楽しんでた仲だ。もう一度聞くが、おまえ、どこの誰だ。三郎なら、そこでいっぺん、振り向いてみろ」

五平、石屋の五平……。六地蔵の五平。

ああ、やっぱり、六地蔵の五平さんだった。

声の主が、六地蔵の五平さんだと分かったとたん、頭領は、それまで張り詰めていた気持ちがいっぺんにゆるみ、体じゅうの力が抜けてしまいそうになりました。「困った時は、相談に行け」と、今わの際に、三郎が告げた名前です。

六地蔵の五平さんなら、もう突っ張るのは止そう。……おいら、今日まで、婆さまに喜んでもらえることなど、何一つ出来やしなかった。わずかな月日《つきひ》に過ぎなかったけれども、それでも、今まで一生懸命やってみたんだ。三郎、もう何もかも五平さんに話して、助けてもらってもいいよな。おいら、もう、疲れちまった。

頭領は、泣きたいような気持ちで、冷たい谷川から上がりました。

岸に立って、じっと頭領を見ていたのは、まぎれもなく、六地蔵の五平さんでした。

可哀想《かわいそう》に、谷川から上がって来た頭領は、これまでの緊張《きんちょう》も頑張りも、いっぺんに切れてしまったかのように、ヘナヘナと、岸のへりにしゃがみこんでしまいました。

五平さんは、三郎に化けた頭領の、その見るからに弱り切っているすがたを、何か、訳の分からないような顔をして見ていましたが、自分もまた、黙って、頭領の横に腰を下ろしました。

シロが、頭領を守ろうとでもするように、二人のあいだに割って入り、いかにも仲良しなのだと言わんばかりに、頭領のひざにあごを掛け、五平さんに、白目を向けました。

「シロ」

と、頭領は、そんなシロの頭をそっとなでてやりながら、先に、シロに話しかけました。

「シロ。おまえも、今日まで、よく助けてきてくれて、ありがとうな。だけど、おいら、もう何もかも、五平さんに話してしまってもいいよなぁ。そうしないと、ケモノ返しの、あんな深い谷に放って置かれたままの三郎が、気の毒だもの」

「三郎が、どうしたって？」

と、五平さんは、頭領の言葉を聞きとがめました。

「五平さん」

頭領は、思い切って、これまでのことを、何もかも吐き出しました。

「村の真ん中から離れた家で暮らしているから、だぁれも気がつかなかったかもしれないけれども、少し前に、三郎の身に、とんでもないことが起きて……」

頭領は、セキを切ったように洗いざらい話しました。

三郎が、頭領の自分を生け捕りにしようとして、谷へ落ち、「後を頼む。婆さまを頼む。どうしても困った時は、五平さんに相談しろ」と、そう言い残して、崖の途中の岩の上で死んでしまったことを。

「ケモノ返しなどと、あんな危険な場所へ行く者など、誰もいないだろうから、今も三郎は、その谷で眠ったままのはずだし、おいらも怖くて、そこへは、あれから、一度も行ってはいないんだ。だけど、思い出すたびに、冷たい岩の上に放って置かれたままの三郎や、何も知らないでいる婆さまが、可哀想でたまらない。おいらも、その時から、三郎のふりをして、一生懸命に、やってみたんだが……」

五平さんは、頭領の話を一とおり聞き終わると、「驚いたな……」とつぶやいたきり、そのまま、また、黙り込んでしまいました。

「おいら。一緒に暮らしてみせているというだけで、まだ、婆さまを喜ばせるようなことなど、何一つ、してやれてないんだ」

黙り込んでいる五平さんに、頭領は、しょんぼりしたまま言いました。

自分のいたずらから起きたことだと、五平さんに洗いざらい話してしまったものの、頭領には、今、この時もまだ、それだけが心残りで、仕方がありませんでした。

本物の三郎のように、今日こそは、今日こそは……と願いながら過ごしてきて、ようやく、今日。婆さまに、おいしいアユを食べさせてやれると、張り切って出かけてきたのです。それがうまくいったら、今度は、ウナギ。そして秋には、おいしいキノコ……。

「おまえ。いつまで、そうやって、三郎の身代わりを続けるつもりだったんだ」

「いつまでって……」

「そんな無理なことを、いつまでも続けられるはずがないだろう」

「…………」

「自然には、今日みたいに暑い日もあれば、冷たい雪が舞う日もある。なあ、頭領。もう、このあたりで、婆さまに本当のことを言ってしまったほうが、良くはないか」

五平さんの言葉に、

「それは出来ない」

と、頭領は、即座に声を強めて言い返しました。

「孫の三郎は、婆さまの生きがいだったんだ。おいら、高札場へ行ってみて、よく分かった。襟巻きにもならないような、穴だらけのウサギでも、婆さまには、三郎が捕って来た、自慢の獲物だった」

「見てたよ」

と、五平さんは言いました。

「あの時。商人の話を聞いて、おかしいと思ったんだ。ウサギは、犬の噛《か》みあとだらけだってな。シロが、大切な獲物に、そんなことをするわけがない」

聞いていたシロが、ジロっと、五平さんを睨みました。

「だから、シロは、そんなことしないって。なぁ、シロ」

五平さんは、あわてて、シロの機嫌を取るように言いました。

「だけど、あのウサギは、おいらとシロとで、死にものぐるいで捕った、初めての獲物だったんだ」

「ああ、分かってる。だけど、このビクの中も、雑魚ばっかりだ」

「うん。……アユ取りは、難しい」

頭領の素直な言葉に、五平さんは、思わず笑いました。

「谷へ入って、ザブザブやってりゃあ、アユも逃げちまうさ」

「じゃあ、どうやれば良かったんだ」

どこまでも真面目な頭領の言葉に、五平さんは、また笑い、笑った、そのすぐ後に、一瞬、「なんてヤツだ」と、並んで座っている頭領の肩を、思いっ切り抱きしめてやりたいほどの衝動《しょうどう》にかられました。でも、五平さんは、そんな気持ちを懸命に抑《おさ》え、自分も真面目な顔になって、山へ帰るようにと、頭領を諭しました。

「頭領は、もう、十分過ぎるほどやったんだ。だから、もうこれくらいで、止めな。三郎の始末《しまつ》も、婆さまの世話も、村のみんなで、何とかしてやるから、頭領は、このまま、安心して山へ帰れ。これ以上やっていたら、その大事な体を壊《こわ》すだけだ」

　五平さんに、それだけ言われても、「やっぱり、それは出来ない」と、頭領は、言い返しました。

「婆さまは、孫の三郎といるのが、一番幸せなんだ。だから、どうして良いか分からないけれども、やっぱり、婆さまを見捨てて、このまま、山へ帰ることなど、おいらには、とても、出来やしない」

「そりゃあ、そうだろうなぁ」

　と、五平さんは、何も知らないでいる頭領に向かい、「自分も、後から、他人《ひと》に聞いた話だが……」と、三郎と婆さまの家の事情を、頭領に話して聞かせました。

　あの家は、もともと貧しかった上に、婆さまが、まだ赤ん坊だった三郎をおんぶして、ちょっと他所《よそ》へ出かけているあいだに、一家全員、家ごと、山つなみに持って行かれてしまった。その年は、何日も、雨が降り続いたそうだが、あまりの出来事に、庄屋の太郎左右衛門さんが、それは気の毒がって、ここなら安全だろうからと、今の所に家を建てて、助けてやった。そればかりか、三郎が成人した後も、二人の暮らしが、何とか成り立っていかれるようにと、太郎左右衛門さんは、三郎に対しても、弓矢持参で、いつでも、自由に山へ入れる許可を出してやったのだと。

「あの太郎左右衛門さんが、かい？」

「そうだ。頭領。おまえ、いろいろと、庄屋さんに、悪さをしていたらしいなぁ」

「…………」

軽く笑って言った五平さんの横で、頭領は、シュンとしょげてうなだれました。

「あはは。安心しな。庄屋さんは、怒ってやしないよ。それより、問題は、これからのことだ。おまえ。やっぱり山へ帰りな。ずいぶんと、疲れてるみたいだ」

頭領は、五平さんに、そこまで言われても、まだ、合点せず、懸命に、自分の気持ちを話し続けました。

「疲れていても、それは、出来ない。たとえ、おいらの正体が、キツネでも、そばで、シロが助けてくれているおかげで、目も耳も悪い婆さまには、ちゃんと、おいらが、孫の三郎に見えているんだ。山で、ケモノを追いかけていた三郎と、本物の、ケモノのおいらと、まあ、臭いも似たようなものだったのか、婆さまは、おいらを疑いもしない。家の中で一緒に過ごす時間は、わずかでも、毎日、孫の三郎と一緒に暮らしている。それだけで、婆さまは幸せなんた。だから、辛《つら》くて逃げ出したいと思った時も、シロがいてくれるし、やっぱり、おいらには、出来やしなかった」

「…………」

訥々《とつとつ》と話す頭領の言葉に、今度は、五平さんが黙り込みました。

頭領の言うとおり、三郎は、村の誰よりも親孝行、いいえ、婆さま孝行な、若者でした。そしてそれは、親友だった五平さんが、一番よく知っていることです。

一番の親友だった三郎が、谷で冷たくなり、そこに放って置かれたままだということも、五平さんには、たまらなく悲しいことでした。

村の高札場で、婆さまと商人との、おかしな光景を見た、あの時。すぐにでも訪ねていっていたなら……。そうじゃない。それでは遅《おそ》かったんだ。桶屋の権太さんにそそのかされ、つい欲を出したという、せめて、その時に、三郎から話を聞いていたなら……。

何を思っても、五平さんには、悔《く》やむことばかりでした。

「おいら、今また、思った。他の誰が、どんな世話をしたって、三郎には及《およ》ばない。おいらたちが、獲物も無しに、手ぶらで帰って行っても、大切な孫の三郎が、今日も無事に帰ってきてくれたと、それだけで婆さまは、ホッと安心した顔をするんだ。おいらは、反対に、そのたびに、胸がチクチク痛むけれども……。そんなだから、婆さまから三郎を引き離すなんて、今さら、そんなむごいことなど、とても、出来やしない。だったら、このまま、おいらが、三郎になっていてやればいいんじゃないかって」

「ああ、そうかもしれないなぁ」

と、五平さんは、思案しいしい言いました。

「やっぱり、五平さんも、そう思うだろ？　だから、三郎も、きっと、そう思って、必死で、おいらに身代わりを頼んだんだ。そうに違いない」

頭領も、念を押すように言いました。

「ああ、よく分かった。おいら、もう、何も言わないよ。だがなぁ、頭領。三郎の顔の、小さなきずあとまで、そっくりまねて、三郎の着物も、そのまま着込んで、今も、それは見事な三郎ぶりだが、ほんとのところ、おまえの正体は、やっぱりキツネだ。手の回らない時や、思案に余って、途方《とほう》に暮れる時もあるだろう。そんな時には、おいらの家へ来い。朝でも昼でも、夜中でも構わん。そうしてくれないと、『困った時は……』と、言い置いて逝《い》ったという、三郎に、今度は、おいらが顔向け出来なくなる。いいな。どんなに小さな困り事でも、困った時は、ちゃんと来るんだぞ」

五平さんには、思案がありました。

知ってしまった以上、谷に眠っている三郎を、放って置くことなど出来ません。その上で、頭領を、このまま、婆さまの孫の三郎でいさせてやるためには、やっぱり、庄屋の太郎左右衛門さんを始め、村人たちの助けも必要です。

「五平さん」

「ああ、無理をするんじゃないぞ。それからなぁ、頭領。いいか、川へ入る時には、袖《そで》をまくって入るか、たすきを掛けて入るものだ。今は、まだ、夏の内だから良いが、おまえ。着物も何も、びしょびしょじゃないか」

言ってから、五平さんは、しどけないすがたの頭領を見て、ひとしきり笑い、笑った、その後からも、まだ、

「駄目だ、駄目だ。お前さんに『アユの友釣り』だの、『仕掛けをどうの』だのと、言ってみたところで、到底《とうてい》、無理だろうし、『網を張るなら張るで、せめて、たすきくらい掛けてから、川へ入れ』なんて言ってみても、いくら、頭領のおまえさんでも、そんな細かな芸当まで、打てるわけがない。ああ、そうだ。おいらの、このたすきをやるから、先に、これをこうして、輪っかにして

おいてだな。背中でペケの字になるようにして、袖を通してみろ」

などと、笑いをこらえながら、あれこれ気がつくまま、どこか楽しげに、頭領の世話を焼きにかかりました。

「分かった。背中でペケの字だな。おいら、頑張ってやってみる」

「それから、この雑魚は、おいらが貰って行く。その代わり、おいらの捕ったアユを、ビクごと持って帰れ。ほれ、そこの水につけてある、ビクだ。ここへ来る前に捕ったばかりだし、でかいのが十匹くらいは、入ってるはずだから、婆さまも、喜ぶだろうよ」

話しながら、たすきまで掛けてくれる五平さんの親切に、ああ、やっぱり、五平さんも良い人だったと、頭領は、グスンと鼻を鳴らしました。

たすきの掛け方から、網の張り方。そして魚の見分け方まで、五平さんは頭領に対して、あらまし世話を焼き終えると、シロに対しても、

「じゃあ、シロ。おまえも賢い子だから、分かるよな。頭領が、たすきを外せないでいる時なんぞは、ちゃんと手伝ってやっておくれ。しっかり頼んだぞ」

などと、言い置き、その後は、さり気ない様子で立ち去って行きました。頭領は、そんな五平さんの背中に向かい、深々と、おじぎをしました。

五平さんが置いて行ってくれたビクを、水から上げると、アユがビクの中から、ピチピチと水を跳《は》ね飛ばしました。ビクの中の立派なアユを見つめながら、あのまま、自分が捕った雑魚などを持って帰って、そのまま、婆さまに渡していたら、どうなっていたことかと、そう思うだけで、頭領はゾッとしました。

そして、五平さんは、五平さんで、

「驚いたのなんの。ったく。こんなに驚いたことなど、おらあ、生まれて初めてだ。冗談でもなんでもなく、これがホントに『キツネにつままれたみたいだ』ってことだろうなぁ。しかし、あの頭領ってヤツは、何てキツネだ。あきれたらいいのやら、感心したらいいのやら」

などと目をしばたたかせ、独り言を吐きながら、頭領の見ていない所で、持ち去ったビクの中の雑魚を、惜《お》しげもなく、ザバザバと、谷川へ、ぶち空けてしまいました。

　五平さんが、帰り道で、そんなことをしているとも知らず、

「シロ。六地蔵の五平さんて人も、良い人だなあ。ああ、五平さんだけじゃない。庄屋の太郎左右衛門さんもだ。おいら、この、なべそこ村が、もっと好きになった」

　アユの入ったビクをシロにくわえさせ、自分も手助けしながら、帰る道々。頭領は、止《と》め処《ど》なくシロに話しかけていました。

「だけど、婆さまが、そんなに哀《かな》しい思いをしてきたなんて、おいら、ちっとも知らなかった。もしかして、流行《はや》り病か何かで……と、思ってただけだ。五平さんが、村の入り口に立てたっていう、六地蔵さまも、厄病《やくびょう》除けだって聞いてたし。やっぱりシロも、知るはずないよなあ」

「クゥーンクゥーン」

　と、ビクをくわえまま、シロも返事しました。

「そうだょなあ。三郎が、赤ん坊の時のことだって言うんだから。だけど、シ

ロよう。おまえも、少しは言葉が分かるんだったら、そのまま、ちょっとでも話せるといいのになぁ。そうしたら、おまえに教えて貰って、もっと早くに、川へも来られていたのに」

歩きながら、つい余計なことまで言ってしまった頭領に、シロが、悲しそうな顔をしました。

「ああ、ごめんよ。おいら、犬もキツネも、おいらたちの祖先は、同じ、オオカミだったと聞いたことがあるから、つい、そんなことを思ってしまったんだ。さあ、今日は、もう帰ろ。こんなに立派なアユを持って帰ったら、婆さまが、さぞ喜ぶだろうなぁ」

五平さんに出会えて良かった。本当に、危ないところだったと、頭領は、嬉しい気持ちと安心感で、心がいっぱいになり、声まで弾ませて、シロを相手に、おしゃべりを続けました。

「なあ、シロ。このりっぱなアユ。塩焼きにしたら、本当にうまいんだろうなあ。おいら、生の魚しか、それも、雑魚や沢ガニくらいしか、食ったことがないから、塩焼きのアユのうまさなんて、想像もつかないよ。ごくらく茶屋でも、客に出すのは、お茶とだんごばっかりだし、あそこの息子は、他所へ行ったきりだから、お花ばあさんも、まだ、アユの塩焼きなんて知らないかもなぁ。もしもそうなら、お花ばあさんにも、食べさせてやりたいな」

魚、それも婆さまが食べたいといっていた、立派なアユを、思いがけず、十匹も持って帰れるとあって、頭領は、婆さまが焼いてくれる、香ばしいアユの塩焼きを想像しては、思わず鼻をヒクつかせ、そんな幸せをくれた五平さんにも、感謝しいしい、シロとともに山道を下って行きました。

第五章　村人たちの心意気

そんなふうに、頭領が、弾むような足取りで家路を急いでいる頃、五平さんは、庄屋の太郎左右衛門さんの家で、泣きしゃべっていました。

「三郎が死んで、頭領が代わりをやっているって？」

五平さんから話を聞いて、太郎左右衛門さんは、驚くよりも先に、五平さん同様、それこそ、キツネにつままれたような心地がして、とうとう五平さんも、頭領にだまされ出したかと、一瞬そう思ってしまったほどです。それでも、五平さんの、涙でぐしゃぐしゃの顔をマジマジと見つめ、あれこれと話を聞いているうちに、これは、笑って聞くような話ではないと思い直しました。

「道理で、あの律儀な三郎が、今年の田植えの手伝いにも来なかったし、頭領も見かけなかったはずだ。ごくらく茶屋のお花ばあさんも、『どうしてじゃろう』と心配しておったが、そうか。誰も知らないところで、そんな大変な事が起きとったんかい。それで何もかも、合点が行くわ。頭領が、どんなに三郎に化けるのがうまいからといって、まさか、三郎のフリをして、田植えにまで来るわけがない。だいたい頭領は、三郎が、毎年、うちの田植えに来ておったことすら、知らんかったじゃろうしのぅ」

庄屋の太郎左右衛門さんも、賢くて、情け深い人でした。自分の持ち田の田植えを、村人たちのそれよりも後回しにしているのも、そうした村人たちへの思いやりからでした。

そのおかげで、なべそこ村のみんなが、太郎左右衛門さんを、自分たちの心の拠《よ》り処《どころ》として頼りにし、感謝もしていて、それだから、たとえ貧しくても、おたがいに助け合って暮らそうと、普段から、自分たちなりに心がけていたのです。

ましてや、五平さんにとって、村一番の仲良しだった三郎の不幸を、見過ごしになど、出来ることではありませんでしたし、なべそこ村にとっても、こんな大事なことを放っては置けないと、頭領に出会って話を聞いたその足で、そのまま、庄屋の太郎左右衛門さんの屋敷へ駆《か》け込んだのです。

「可哀想に、頭領は、無理をしているのです。三郎のふりはしていても、すっかりやつれて、見ていられないです」

しゃべっては涙をこぼす五平さんに、目をしばたたかせていた太郎左右衛門さんも、しまいには、もらい泣きを始めてしまいました。

「庄屋さんは、いつも、『頭領には決して手を出すな』と、そう言っておいでですが、あれは、三郎のようなことになるからと……」

「いや、違う。だぁれも知らんことじゃが、もう何年も前にな」

太郎左右衛門さんは、たたんだままの手ぬぐいで涙をぬぐうと、偶然に自分が見た出来事を、五平さんに話して聞かせました。

「ごんげん山の峠で、この村を襲《おそ》おうとしていた盗賊《とうぞく》二人を、頭領が、追い返してくれたんじゃ。それはもう、見るからに強そうな豪傑《ごうけつ》に化けてな」

頭領が化けた豪傑に立ちふさがれて、盗賊どもは、シブシブ、峠を引き返していった。もしかして、こんなに貧しい村を襲っても、何の得にもならんと、盗賊のほうで、そう思っただけだったかも知れないが……。

「しかし、わしには、そうは思えなかった。あの時の、頭領のすがたの、立派だったことといったら。体じゅうから、まばゆい後光が射しているかとさえ思えたほどだ。だから、わしは、頭領に、だまされるたびに、茶店へ飛び込んでグチってみても、お花ばあさんは、えらく頭領の肩を持つし、前には、そんなことがあったしで、その瞬間には、どれほど腹が立っても、頭領を、とっ捕まえてひどい目に……とまでは、ついぞ思わなかった」

五平さんは、庄屋の太郎左右衛門さんから、初めて聞かされる話に、

「そんなことが、あったのですか」

と、驚いて言いました。

「それじゃあ、なんですか。頭領が三郎に化けて、婆さまを、だまし続けることくらい、造作も無いことだってわけですか」

「そうじゃ。頭領は、盗賊どもを追い払った後、それはもう、堂々とした体躯《たいく》と、これまで見たことも無いほどの、鋭いキツネ目で、辺りを睨み回して、山へ帰っていったが、頭領が、盗賊を追い払う際に振り回して、そのまま、道ばたへ放り出していった、金棒とおぼしき物を拾って、確かめてみたら、何のことはない。山なら、どこにでも落ちていそうな、カスカスに枯れた、松の木の枝じゃった」

太郎左右衛門さんは、その時のことを、まるで夢でも見ているような目をして、五平さんに語って聞かせました。

「あいつは、もう、いつものことだと、忘れてしまっておるかもしれんが、庄屋であるわしが、そんな事件を見てしまったからには、放っておくわけにはいかん。有り難くて、『なんで、こんな物が、うやうやしくお拝殿《はいでん》に祀《まつ》ってあるんじゃ。さては、またしても庄屋さまが、頭領にだまされなさったか。これでもう、何度目じゃ』などと、どんなに、みんなから笑われても構わんと、そう決めて、わしは、頭領が放り出して行った、その枯れ枝を拾って帰り、大切に奉書紙に包むと、その上から御幣《ごへい》まであてて、感謝しいしい、ごんげんさまのお社へ納めに行ったくらいじゃ。もしかしたら、頭領こそが、この村の守り神さまかもしれぬて」

一とおり話し終えると、太郎左右衛門さんは、少し言葉を強め、重ねて言いました。

「あの時、村が盗賊に襲われていたらと思うと、今でも、心底ゾッとする。どんなに、わずかな盗賊だろうが、古い藁葺き家ばかりの、こんな小さな百姓の村など、火付けでもされたら、ひとたまりもなかったはずじゃ。まったくの話。そんなことをされでもしていたら、村じゅうみんなが焼け出されて、果ては無一文になって、いわゆる逃散農民《ちょうさんのうみん》みたいになる外なかった。大袈裟《おおげさ》でも何でもなく、あの時は、お社に鎮座されている、ごんげんさまよりも、実際に盗賊どもを追い払ってくれた、頭領のほうが、どんなに有り難く思えたことか」

「それは、そうですとも」

と、五平さんは、思わず返事をしました。

五平さんの力強い返事を聞いた太郎左右衛門さんは、我が意を得たりと言わんばかりに、膝《ひざ》まで乗り出し、さらに言い続けました。

「やっぱり、五平さんも、そう思うじゃろう？　だから、わしは、どんなにだまされようが、いたずらが過ぎようが、陰では、そうして、村を守ってくれている、そんな頭領が、可愛《かわい》くて仕方がないのじゃ。もしかしたら、誰も知らぬ所でも、まだまだ、頭領は、この村を守ってくれていたやも知れぬ。だから、頭領には手を出すなと、普段から、あれほど言うておるのに。まったく、権太のヤツめ」

その場で、気持ち良く話を聞いていた五平さんは、太郎左右衛門さんが、いきなり、権太さんを呼び捨てにしたのを聞き、あわてて、桶屋の権太さんをかばいました。

「でも、嫁さんや嫁さんの里から、小言ばっかり言われる、権太さんの気持ちも……」

それでなくても、なべの底に、こびりついて暮らしているような村だと、近《きん》隣《りん》の人々からまで笑われているのです。

「それもそうじゃなあ。元は、頭領が悪いということにもなるが……。それで、三郎は、今も谷で眠っておるんかい」

「頭領の話では、そのようです。責任を感じて、三郎の身代わりを務めている頭領も、気の毒ですが、大切な孫を亡くした婆さまも、それはもう、お気の毒で……」

「そうじゃのう。今は、誰が悪いなどど、グダグダ言うておる場合じゃない。それに、聞けば、盗賊どもを、追い払ってくれたなどという、そんな、いっときだけの話ではない」

太郎左右衛門さんは、一息ついてから、五平さんに、

「それで、五平さんは、どうしたいと思うておるんじゃ」

と、改まって聞きました。そんな太郎左右衛門さんに、五平さんも、来る道々で思案してきたことを、心を込めて話しました。

「わしは、頭領の、あの健気な気持ちを汲《く》んでやりたいと思うております。村

のみんなが、素知らぬ顔をして、さりげなく手助けをしてやれば、頭領が背負った重荷を、少しは軽くしてやれるでしょうし、婆さまも、今までどおり、孫の三郎と暮らしていると思うでしょう。谷で眠っているという三郎は、婆さまに気づかれないように、みんなで下ろしてきて、取りあえずは、観音寺の和尚《おしょう》さまに頼んで、野辺《のべ》に仮埋葬《かりまいそう》だけでもしておいて、後で、ちゃんと、おとむらいをしてやるということにしてみては……」

「そうさなぁ。頭領がどんなに賢くても、中身は、キツネだ。日々の頑張りにも限りがあるだろうし、頭領の気持ちを汲んでやろうとするなら、五平さんが言うように、それとない人間の助けが要るわなぁ」

太郎左右衛門さんは、言ってから、さらに腕組みをして思案した末に、

「そうじゃのう。いずれは分かってしまう時が来るとしても……。今は、婆さまのためにも、それが一番良い方法かも知れん。そういうことなら、その時はその時と腹をくくって、ここは一つ、村じゅうのみんなして、頭領の気持ちを汲んでやろうかの」

太郎左右衛門さんは、そう言って、ひとまず五平さんの肩の荷を、先に下ろしてやりました。

その晩。なべそこ村の大人たちは、頭領と婆さまを抜きにして、緊急に、庄屋さまの屋敷に集められました。あんまり急なことだったので、何ごとかと、駆けつけて来た、ごくらく茶屋のお花ばあさんは、これまでのいきさつを知ると、何という不幸な家だと、ひとしきり嘆《なげ》いた後、やっぱり、五平さんと同じように、泣きしゃべりを始めました。

「お聞きになられましたでしょ？　三郎の身代わりになって、婆さまに尽くしているという頭領は、そういう心の温かいおキツネさまですて。そのことは、このお花ばばぁが、いちばんよう知っております」

「そうそう。わしらも聞いておりますぞ。お花ばあさんも、凍え死にするところを、頭領に救われたって話」

「そうさなあ。盗賊どもを追い払ってくれた話と言い、村が、こんなにも助けて貰うておるのに、わしら人間が、キツネに負けとっては、話にならんでよ。こういう時こそ、みんなで、この村の底力を見せてやらんと、あかんですわなぁ」

「そうじゃとも。底力などと言われても、わしらのような百姓の力など、たかが知れてはおりますが、ここは一つ。大切な孫を亡くした婆さまのためにも、みんなで力を合わせて、陰から頭領を助けてやりましょうや」

力を合わせて頭領を……という村人たちの話を、部屋の隅で黙って聞いていた太郎左右衛門さんが、「皆《みな》。よう言うてくれた」と、膝を打って、いきなり立ち上がりました。

「山ばかりに囲まれて、ろくに日も当たらぬような、こんな貧しい村では、おたがいに助け合わなければ、暮らしては行かれん。庄屋の務めで、時には厳しいことも、言わねばならんが、三郎の不幸は別として、わしは、こんなにも温かな心の村人たちに恵《めぐ》まれて、そりゃあもう、どんな村の庄屋よりも幸せじゃ」

元は、ちゃんとした名前があったはずなのに、いつからか、「なべそこ村」などと呼ばれて、近隣《きんりん》の人々からまで笑われています。でも、太郎左右衛門さんは、事情を知った村人たちのそれぞれが、日々の暮らしさえ、楽ではないはずなのに、「谷に眠っている三郎の始末をこっそり済ませたら、そのあとは、頭領を婆さまの孫の三郎と思って、それとなく、みんなで助けてやりましょうや」などと、てんでに言い出した時、いっそう嬉しくなって、お礼を言わずはいられなかったのです。

「辛いことじゃが、まずは、谷に眠っている三郎の始末を、早速《さっそく》にしてやらねば……。そうじゃのう。ここは一つ。五平さんが言うように、観音寺の和尚《おしょう》さまにも、協力を仰《あお》ぎ、今は、野辺に仮埋葬だけでもしておいて、正式のおとむらいは、後回しにして、これからは、あくまでも、三郎が生きておると思うて、婆さまに悟《さと》られないように、一人ひとり、よくよく、心して当たらねばならん。それと、子どもたちに知られたら、悪気は無くても、面白がって、婆さまの家へ、覗きに行ったりもするじゃろう。しばらくは、子どもたちの前で、こうした話をするのは、御法度《ごはっと》じゃ。よいな」

太郎左右衛門さんは、そんなふうに、村人たちに念を押し、こまごまと注意をしてから、これからの段取りを決める相談に入りました。

相手が一人だろうと大勢だろうと、誰かを思いやって親切にすることは、人間として、とても気持ちの良いことです。ましてや、桶屋の権太さんは、それとは反対に、自分のうっぷんを晴らしたいと思ったばっかりに、取り返しのつかないことをしてしまったと、誰よりも責任を感じてしまい、肩を落とし、床に額をこすりつけんばかりにして、みんなに、お詫びやら、お願いやらをして回りました。

そうして、その晩に、村人たちが、みんなして決めたことは、今年の秋祭りなど、もっての外。まずは、谷に眠っている三郎の始末を、早速にしてやること。そうして、自分たちが捕って来た、アユやウナギなどを、さりげなく頭領に分け与えてやること。そして時々は、婆さまの家の横にある、ネコの額ほどの畑も、それとなく耕して、三郎がしていたほどには、野菜作りもしてやること。

　などなど。

「そうさなあ。いくら頭領が賢いと言っても、畑で野菜までは作れまい。よっしゃ。それなら、それは、わしらで」

「魚や野菜もですが、三郎は、山へ鳥やケモノも捕りに行っておったでしょう。だから、兵六さんも、この冬に、シカやイノシシを仕留めた時などは、頭領にお裾分《すそわ》けをしてやったらどうですかねぇ。キツネは論外としても、ボタン肉と言われるイノシシの肉は、体が温まって、精もつくそうですから、それで頭領の疲れも少しは軽くしてやれるでしょうし。まぁ出来れば、こちらにも、少しばかり、お裾分けを」

　村では、一人だけ、本格的な狩猟を許されている、鉄砲撃ちの兵六さんは、まだ年の若い五平さんから、そうした、ちょっぴり厚かましい話をされても、白髪交じりの無精ひげをなでながら、にこにこ顔で返事をしました。

「そういうことなら、わしも、今年の冬は、一段と頑張らんとあかんわなぁ。

頭領のおかげで、久しぶりに、山へ入れる日が待ち遠しゅうなった。腕がなるわい」

村人たちが、てんでに話す、そうした話を、目を細めて聞いていた太郎左右衛門さんも、

「頭領は、田植えにも来やせんかったから、稲刈《いねか》りにも、当然、来やせんじゃろうが。まあ、あんなヤツ。こちらが素知らぬ顔で、稲刈りなんぞに来《こ》させてみたとて、何の役にも立たんじゃろうがなぁ。かく言う、このわしも、あんまり役に立てそうもないが、これからも、うちの屋敷の脇門だけは、いつでも開け放しておくから、みんなも、困った時には、遠慮《えんりょ》なく訪ねて来ておくれ」

などと、冗談交じりで言い、村人たちも、また、そんな太郎左右衛門さんを慕《した》い、みんなで示し合わせて、頭領は、もちろん、婆さまにも、決して気づかれないように。そして、やり過ぎたりしないように、さりげなく、何でもなさそうに。

しかし。それは、なかなか難しいことでした。けれども、

「おう、三郎。今日は、アユ取りで、ウナギは、まだのようだな。よっしゃ。わしが捕って来たのを、少し分けてやろう。ほれ、遠慮せんと持って帰って、婆さまに、精をつけてやりな。とびっきり上等のウナギだ。余ったら、高札場へ持って行って売ればええ」

とか、

「わしは、魚やウナギ取りは、苦手じゃ。まぁ出来ることと言ったら、野良仕事ぐらいなもんじゃで、それなら、こっそりと畑でも耕しておいてやろうかい」

などと、それぞれに知恵をしぼりながら、さりげなく頭領を助けました。

権太さんは、薪の束の中に、桶作りで出た木っ端《こば》を混ぜて、婆さまの家の軒《のき》先《さき》に、そっと積み上げて置くなどして、誰よりもたくさん、手助けをしました。

けれども、外では助けてやれたとしても、家の中まで入り込むことは出来ません。婆さまにとって、この世で、いちばん大切な孫の正体が、キツネだと知れたら……。そして、その心配が、いちばんあるのは、家の中です。そうして、その家の中へおおっぴらに入り込めるのは、ここでも、五平さんか、庄屋の太郎左右衛門さんくらいしかいません。でも、庄屋の太郎左右衛門さんでは、あまりに大袈裟《おおげさ》過ぎますし、これまで何度も、頭領にだまされてきたように、太郎左右衛門さんは、見た目も、ずんぐりむっくり。どこか不器用で、機転も、あまり利きません。

「やっぱり、それは、おいらの役目だ」

そう考えた五平さんは、しばらくして、さりげなく、三郎の家を訪ねて行きました。

「三郎。この前、どんでん川で、おまえから、魚を仰山《ぎょうさん》貰ったから、ちぃとばかり、礼を言いにきた」

などと言いながら、五平さんは、それこそ大荷物を抱え、驚いている頭領たちに構わず、さっさと囲炉裏端へ上がり込みました。

「ここへ来るのも久しぶりのことだが、婆さまも、達者で何よりだ」

五平さんは、囲炉裏端に、どっかりと座り込むと、婆さまに向かって、当たり前のように言いました。

「ほんに、五平さんとも、お久しぶりですのぅ。いつも、三郎が、お世話になってばかりのようですが、ご承知のとおり、自分も、三郎頼みの、こんな、その日暮らしをしておりますもので、何のお返しも出来ませず、勘弁《かんべん》しておくれやっしゃ」

五平さんは、「三郎頼み」という婆さまの挨拶《あいさつ》に、ああ、頭領の言うとおりだと、胸を詰まらせました。

普段。婆さまと三郎と、たった二人で暮らしているだけの、こんなに侘《わび》しい家を、親しく訪ねてくる者など、滅多にいません。

囲炉裏端に腰を落ち着けてから、五平さんが、改めてよく見ると、久しぶりに会う婆さまは、以前よりも、体が二回りも小さくなったように見えるばかりか、実際に、目も耳も、そして足腰も、一層、弱っているように思えました。

無理も無いと、五平さんは思いました。赤ん坊だった三郎を、老いた体一つで、立派に育て上げてきたのです。自身にとっても、親友だった上に、婆さまにとっては、宝物のように大切で、かけがえの無い孫の三郎が、今はもう、野辺に苔《こけ》むして……と、思うだに、五平さんの胸は、キリキリと痛みました。そんな辛い気持ちを懸命に振り払い、五平さんは、また、平気を装って、婆さまに話しかけました。

「でもまぁ、婆さまは、三郎がいてくれて、幸せじゃろう。苦労して育ててきて、本当に良かったなぁ。こんなに働き者で、婆さま孝行な若者なんぞ、村には二人とおらん、よう出来た若者じゃと、村の衆が、いっつも、ほめまくっておるでのぅ。それに引き替え、言いたくはないが、ごくらく茶屋の、お花ばあさんとこの息子ときたら、町へ出て行ったっきり、嫁さんどころか、孫の顔さえ、見せにも帰ってこんのやからな」

横でかしこまっている頭領に、余計な話をさせまいとでもするように、五平さんは、婆さま相手に話し続けました。そうして、存分に話をし終えると、ようやく持って来た大風呂敷《おおぶろしき》を広げ、

「昨日、ちょっと、ニワトリをひねったもんでな」

などと言いながら、広げた風呂敷の中から、ニワトリの肉や卵や、野菜や山芋《やまいも》などを取り出しては、囲炉裏端に並べにかかりました。

他にも、きず薬に虫刺《さ》されの薬、腹痛を起こした時の薬、などなど。

「おまえは、婆さまのおかげで、丈夫に育ったから、こんな物は、要らんとは思うが、山や川には、いろんな虫がおるからのぅ。まぁ、念のために」

キツネが虫に刺されたりするかどうかは、五平さんにも分かりませんでした。でも、物陰から、そっと見ているだけでも、すり傷を作っていたり、時には髪《かみ》の毛が、所どころ抜けてしまうほど、健気に頑張っている頭領を、五平さんは、いつまでも黙って見ていることが出来ませんでしたし、庄屋の太郎左右衛門さんや村人たちに、協力を頼んだ責任もありました。そうして、それよりも何よりも、五平さんには、頭領は、もしかして、命がけで罪滅《ほろ》ぼしをするつもりでいるのではないかと、日が経つにつれ、そんな気がしてならなくなったのです。

これ以上、放ってはおけん。

そう決心してやってきた五平さんの心遣《づか》いに、頭領は、思わずお礼を言いました。

「六地蔵の五平さん。どうもありがとう。おいら、助かるよ」

頭領の改まった挨拶に、五平さんは、思わずプッと吹き出し、たまらず、

「おまえなぁ」と、文句まで言い出してしまいました。

「おまえなぁ。庄屋さんみたいに、おまえまで、そんな丁寧な呼び方なんぞ、してくれるなよな。豆腐《とうふ》の角で頭でも打ったかと、心配にならぁ」

「ほんに、三郎は、おかしいのぅ」

冗談交《ま》じりで言い返したつもりの、五平さんの話に、婆さまが言った、こんな、何気ない一言が、頭領と五平さんを、思わずギクリとさせました。

婆さまの耳は、地獄《じごく》耳のようで、聞かれたくない話ほど、よく聞こえるようです。

五平さんと頭領は、思わず顔を見合わせました。そうして、その場を取り繕《つくろ》うように、その後で、五平さんは、また、とんでもないことを言い出しました。

「なぁ、三郎。それこそ、余計なお世話かも知れんが、久しぶりに来てみて、よく分かった。婆さまも、こんなに年老いて、体ばかりか、目も耳も相当に弱っておいでだ。どうだ、そろそろ、家の中のことをして貰うために、思い切って、嫁さんを貰うってのは……。何なら、しばらく、妹のお千に、昼間だけでも、手伝いに来させようか」

何でもなさそうに言い出した五平さんに、頭領は、飛び上がりそうになりました。

「お千ちゃんだって？　冗談も、ほどほどにしてくれ」

「駄目か」

「駄目だ駄目だ。絶対に駄目だ」

キツネが、人間の嫁さんを貰えだなんて、言うに事欠いて、五平さんは、何てことを言い出すんだ。

早合点した頭領は、顔の前で手まで振って、五平さんの申し出を断りました。

「そうか。おまえ他に好きな子でもいるのか。だったら、さっさと、その子を連れてこい。じきに秋が来て、すぐにまた、寒い冬が来る。いつまでも、婆さまに不自由な思いをさせるんじゃない。ボヤボヤしていたら、本当に妹を来させるからな。分かったか」

頭領の早合点に苦笑いすると、五平さんは、続けてまた、わざとぞんざいな口をきき、広げてあった風呂敷を丸めて、ふところにしまい込むのもそこそこに、「また来る」と、一言だけ言い捨て、ほうほうの体《てい》で、囲炉裏端から外へ転がり出てきました。

冬になると——。

思い切って訪ねて行き、でもまぁ、行かないよりはマシだったかと、ホッと胸をなで下ろして帰って来た五平さんとは反対に、その夜、頭領は、深く考え込んでしまいました。

そして明くる朝。頭領は、シロを連れ、何も持たないまま家を出ました。

「なぁ、シロ」

思案した末に、手ぶらで出かけて来た頭領が、シロに話しかけると、シロは、ジロリジロリと、頭領の足下から、疑り深い目を向けました。

「シロ。逃げ出しゃあしないから、そう怖い顔をしなさんな。だけど、おまえも、夕べ、五平さんの話を聞いてただろ？　五平さんのおかげで、婆さまは、今もまだ、おいらを孫の三郎だと、信じ切ってるはずだ。でも、だからと言って、おいらが、どんなに三郎らしくても、どんなに困っても、人間の嫁さんなんぞを貰うわけにはいかん。そうだろ？　だから、おいら。山向こうにいる、アカネギツネに頼んでみようと思うんだ」

いつもの道を外れ、ごんげん山の奥へ奥へと分け入っていくに連れ、ジロリジロリと怖い顔を向け出したシロに向かい、出かけてきた理由を話し出した頭領に、シロは、足元から白目を向け、「フン」という顔をしてみせました。

そうか。アカネギツネか。どんなヤツかは知らないが、頭領は、アカネギツネが好きだったのか。フン。

「そうじゃない。おまえだって、毎日一緒に暮らしているんだから、ちょっと考えたら分かるだろ？　言ってみれば、我々にとって、今は、非常事態のまっただ中ってわけだ。そんな毎日なのだから、そんじょそこらのキツネじゃあ務《つと》まらない。アカネも、おいらと同じように、人間に化けるのが得意なキツネだし、賢くて、心根も優しいキツネだ。だから、事情を話したら、きっと助けてくれるに違いない。そうしたら、シロ。おまえも、アカネと仲良くやってくれるだろ？　おまえが大好きだった三郎や、婆さまのためだもの。分かってくれるよな」

フンと、そっぽを向いていたシロが、頭領の話に納得したのか、そういうことならと言わんばかりに、「ワンワンワン」と、元気に吠えて返事をしてみせました。

「ああ、分かってくれたんだな。よし。じゃあ決まりだ。だけど、おまえが、いてくれて良かった。本当に助かる。シロ、ありがとうな」

シロに話しかけながら歩いて行くあいだも、頭領は、神経を目に集中させて、アカネギツネを探し続けました。

幸いなことに、アカネギツネは、すぐに見つかりました。

最初は、驚いて逃げ出しそうになったアカネも、頭領が急いで呼び止め、

「アカネッ。ほら、おいら、正真正銘《しょうしんしょうめい》の頭領ギツネだよ。だから、仲良しのおまえに、どうしても手伝ってほしいことがあって来たんだ。村の若者に成りすましている、今のおいらのように、アカネも、人間の嫁さんに……」

と、かいつまんで用件を話してみせると、立ち止まって、しばらく首をかしげていたアカネが、その場でヒョンと飛び上がったと思う間もなしに、一瞬で、あでやかな文金高島田《ぶんきんたかしまだ》の花嫁御寮《はなよめごりょう》に化けて見せました。

「しばらく、すがたを見せないと思っていたら……。あたいも、人間のお嫁さんに？　なぁんだ。そんなことなら、お安いご用よ。今まで何度も、お嫁入りを見たもの。キツネの嫁入りなんかじゃなくて、本物の、人間のお嫁入りよ。うっとりしてしまうくらい、とってもきれいだった。だから、あたいも、一度でいいから、あんなにきれいな花嫁さんに、なってみたかったの。……ほら、見て。これくらいで、どう？」

アカネギツネの化けぶりは、ここへ来る道々、頭領から聞かされた以上に、それは見事なものでした。何しろ、目の前に、いきなりパッと現れた、眩《まぶ》しいばかりの花嫁御寮に、シロは、思わずシッポを巻いて逃げ出しそうになり、頭領までが、一瞬、ポカンと、呆けてしまったほどだったのです。

アカネの見事な花嫁ぶりに、「ふうっ」とシロが、ため息をついたのを見て、ようやく我に返った頭領が、「違う違う。違うんだ」と、あわてて言いました。

「おまえが別嬪《べっぴん》さんなのは、よく分かっているけれど、今度ばかりは、そうじゃないんだ。おいらが住みついている、婆さまの家は、それはそれは、貧しい家で、だから、毎日、畑仕事や水仕事で、くるくる働かなくちゃあいけないし、その上、婆さまには、おいらたちがキツネだと、ばれないように気をつけなくてはならないし……。何ていうか、そうだな。働き者の村の嫁さんらしく、絣《かすり》の地味な着物と、もんぺなんぞで、ビシッと決めて見せてくれ」

頭領は、自分が、どうして三郎の身代わりになっているのかを、さらに詳《くわ》しくアカネに話して聞かせました。本《もと》はといえば、自分のいたずらから起きたことだということも、正直に話しました。

「まったく。何てことをしでかしたのよ。要するに、少しばかりオゴリが過ぎて、取り返しがつかないほどの、しっぺ返しを食らったってことじゃないの。バカねぇ」

美しい花嫁すがたのアカネから、口まで尖《とが》らせてビシビシ言われ、

「返す言葉もない。本当に、おいらとしたことが……。だけど、今のおいらには、悔やんでいる暇《ひま》などないんだ。六地蔵の五平さんが、とんでもない話を置いていって……」

アカネに向かって、なりふり構わず、精いっぱいの気持ちを伝えている頭領を、シロが、側《そば》から心配げに見ていました。

「仕方がないわねぇ。そんな話を聞いたら、婆さまが気の毒で断れやしないし……それに、同じキツネどうし、責任あるわよねぇ。分かった。じゃあ、これでどう？」

アカネは、賢いキツネだと言った、頭領の言葉は、本当でした。

頭領とシロの前で、アカネは、またヒョンと飛び上がって見せると、もう次の瞬間には、上も下も、絣模様の地味な野良着姿に化けて見せました。

そんなアカネの野良着姿を、シロが、目を細めて見ていました。

「おう、見事なもんだ。アカネ。おまえも、しばらく会わないうちに、腕を上げたなぁ。だけれど、身なりは、それで満点なんだが、あと一つ。気をつけて貰いたいことがあるんだ。他でもない。婆さまは、時々、畑の外れにある、お稲荷さんの祠《ほこら》に、油あげをお供えして手を合わせている。こんなふうに、三角に切った油あげにワラを通して……。もう分かっただろう？　そんなのを失敬して食ったりしたら、おいらたちがキツネだってことが、いっぺんにバレちまう。だから、よっぽど、しっかりしていてくれないと……」

「あ、ぶ、ら、あ、げ」

ケモノ返しの谷底で、頭領が、三郎から聞かされた時のように、アカネもやっぱり、聞かされたとたんに、シュンとしょげてしまいました。

「済まないなぁ。人間の嫁さんに化けて、人間の村で暮らせば、油あげなんぞも存分に……と、そう思ったのだろう。無理もないよなぁ。おいらだって、三郎から聞かされた時は、本当にがっかりしたものなぁ。だけど、毎日、無事に暮らせていると、そんなことだけにも感謝して、一心に手を合わせている婆さまに、『もう油あげなんぞ、供えるのを止《や》めたらどうだ』などと、言えやしないだろ？」

頭領は、言ってから、婆さまはお稲荷さんの祠の中に、油あげをほんの少し供えるだけだから、心配することも無いと話して聞かせ、それでもしょげているアカネに向かって、何度も、「済まない」と頭を下げました。

頭領とアカネのやり取りを、そばでシロが心配そうに聞いていました。思うに三匹とも、先祖は同じ血が流れていたはず。それも、たくましくて誇《ほこ》り高いオオカミ。

しょげていたアカネが、クイッと顔を上げました。

まだ、つい、昨日。五平さんに向かって、あんなに「嫁さんなんぞ、いらん」と言い張っていたのに、もう、今日は、連れだってきて、その挙げ句。

「三郎さんの嫁です」

と、横から、平気で言ってのけたアカネに、婆さまは、面食らって目を回しました。

「アカネと申します。三郎さんが、『嫁に来てくれ』って、言って下さったから、嬉しくて、『もう、すぐにでも行く』って、身一つで、押しかけてきてしまいました。ふつつかな嫁ですが、婆さま。どうか、よろしくお願いします」

頭領が、シロに話したとおり、アカネも、賢いキツネでした。

それからのアカネは、紺絣の着物と、もんぺ姿で、婆さまを大切にして、働き者の嫁さんぶりを発揮しました。

いきなりの話に、一度は目を回した婆さまも、賢くて気立ての良い、嫁さんの登場に、それはもう、我を忘れて大喜びしました。

「貧しくて、何にも無い家に、こんなに、気立ての良い嫁さまが来て下さるとは。おかげで、家の中まで明るうなって、こんなに嬉しいことはない。シロも嬉しいじゃろう。仲良くしてやっておくれなぁ」

アカネの登場を、手放しで喜んでくれた婆さまに、頭領自身は、ひとまずホッと安堵《あんど》しましたが、その反対に、頭領が、キツネの嫁さんを連れてきたことを知った五平さんは、腰を抜かしました。

驚いたのなんの。昼間だけでも、妹を手伝いに……と、そんな軽い気持ちで「嫁さんでも貰ったらどうだ」と、冗談半分に言ってやったのは、確かだが、それもまだ、ほんの数日前のことだ。まったくもう。頭領は、やることが、極《きょく》端《たん》過ぎるんだよ。この上、うっかりしたことを言ったりしたら、どうなることやら……。でもまあ、婆さまが、たいそう喜んでいるって言うんだから、まぁ、良かった。そうならそうで、こちらも、それなりに助け方も考えなくてはなるまい。

五平さんは、それなりに知恵を巡《めぐ》らせ、山向こうのアカネちゃんの里へは、自分が使者に立って、早速に話を付けてきたから、安心するようにと、婆さまに言い聞かせ、その足で、今度は、庄屋の太郎左右衛門さんの屋敷へ駆け込み、高札場に伝言を立てて貰うようにと頼み、こんな重大なことを、村人たちに黙っているわけにはいくまいと、「やって来た嫁さんは、頭領とは仲良しのアカネギツネだそうだ」と、村じゅうの家々を訪ね、その都度《つど》、家の主を外に呼び出しては、内緒話のように、ヒソヒソと本当のことを知らせて回り、新しくやって来た嫁さん見たさに、子どもたちが、わざわざ覗《のぞ》きに行ったり、からかったりしないように。どうしても見に行きそうになった時は、遠くから、そっと眺《なが》めてこさせるだけに……などと、細々とした注意や協力を、呼びかけて回りました。

五平さんにとっては、自分の仕事を放っぽり出しての、目が回るほど忙しい一日になりましたが、庄屋の太郎左右衛門さんもまた、五平さんから話を聞かされたとたんに、「それは、まことか」と、半信半疑の顔をしました。でもすぐに、五平さんの話ならば、事実に相違《そうい》あるまい。そうならそうで、ちゃんと庄屋である自分が、自分自身の目で、確かめておかねばなるまいと、早速に、アカネギツネの様子を、見に行きました。

アカネは、庄屋の太郎左右衛門さんが、祠《ほこら》の陰から、こっそり見ているとも知らず、慣れない手つきながら、一心に、畑の草むしりをしていました。

「やはり、まことであったか。それにしても、なんという、健気で、かわいい嫁さんじゃ」

お稲荷さんの小さな祠の陰から、こっそりと見ただけなのに、太郎左右衛門さんは、アカネの初々《ういうい》しい野良着姿に、すっかり心を奪われ、挙げ句、

「頭領も、なかなかやるのぅ。本性は、キツネとはいえ、アカネちゃんも、頭領と同様、まるきり、わしの孫みたいなもんじゃないかい。こうなったら、わしも、精力《せいりき》いっぱい、協力してやらずばなるまい。まずは、アカネちゃんの着る物からだな」

などと、あれこれ思案《しあん》しながら帰り、帰るなり、なるべく大勢の村人たちが読めるようにと、今度は、高札の文言を平仮名ばかりで書いて、早速に立てました。

みんなのしっている　さぶろうが、
それはそれは　かわいい　よめさんをもらった
これまでどおり　あと、すこし　くふうをして
さりげなく　たすけてやること
いじょうである
　　むらのしょうや　たろうざえもんより

おかげで、頭領たちは、それからも、村人たちに助けられながら、貧しいけれども、無事な日々を過ごすことが出来、そうこうする内に、季節は秋の盛りを過ぎ、時には、底冷えのするなべそこ村の家々は、朝から、囲炉裏に、火が入りっ放しになりました。

第六章　婆さまの決意

そんなある夜。

婆さまが、囲炉裏にマキをくべながら、ふと顔を上げて、

「そうそう。近頃は、こんなふもとまでも、キツネが下りてくるとみえて、お稲荷さんにお供えした油あげが、夕方には、もう、無《の》うなっておるんじゃ」

と、思い出したように言い出しました。

頭領は、アカネが、サッとうつむいたのを見て、とっさに、

「風のしわざと違うか。この頃は、木枯らしかと思うほど、風の強い日があるからのぅ」

などと、さりげなく、とぼけて見せました。

「そうじゃなくてよ。お供えするのは、祠の中だし、それに、風のしわざじゃったら、ワラだけ残っておることは無かろうが。まあ、お稲荷さんとキツネとは、親戚《しんせき》みたいなもんじゃから、気にすることもないがのう」

何でもなさそうに話す、婆さまに、頭領も、素知らぬふりをし、

「そうじゃ。それくらい気にするほどのことじゃないさ。それに、今のところ畑を荒らしたり、家の中まで入り込んできて、悪さをするわけでもなさそうだし……。それよりも婆さま。すこし冷えてきたし、もう遅いから、お寝《やす》みよ。その体で、高札場へ出かけて行ったり、とふ伝さんとこへ行ったりして、疲れてるじゃろ」

などと、さり気なく言い、そのまま、そそくさと立っていって、婆さまの布団を敷いてやりました。

毎晩のことながら、薄っぺらな布団に、婆さまを寝かせてやるたびに、谷で死んで行った三郎の言葉が思い出されて、頭領の胸がキリキリと痛みました。

あの時、自分が、詰まらぬいたずらをしたばっかりに……。

「婆さま。今に、綿雲みたいな、ふかふかの、温かい布団に寝させてやるからな」

痛む心を押し隠し、囲炉裏《いろり》の火で温めた、薄っぺらな座布団なども、こたつ代わりに当ててやりながら話す頭領に、婆さまは、

「ありがとうよ。三郎。なぁに。わしは、今のままでええ。アカネちゃんも、優しゅうしてくれて、わしは、毎日、もったいないくらいに幸せじゃ」

などと、布団の中から、涙をこぼさんばかりにして言いました。

「…………」

「近頃のおまえは、立派な獲物ばかり捕ってきてくれるし、村の衆も、みんなして、『三郎は、良い嫁さんを貰った。良い夫婦じゃ』と、おまえたちをほめてくれるしで、高札場へ出かけて行っても、鼻が高いわいの」

布団の中から言う婆さまからの、そうした感謝の言葉が、どんなに嬉しくても、頭領には、婆さまに対する後ろめたさが邪魔《じゃま》をして、「それは良かったの」などと、当たり障《さわ》りのない返事しか、してやれませんでした。それでも、頭領

が敷いてやった布団の中で、「有り難い、有り難い」とつぶやきながら、婆さまは、すぐに静かな寝息を立てて……。

「駄目じゃないか」

婆さまが眠ってしまったと思い込んだ頭領は、囲炉裏端へ戻ると、さっそくに、アカネを叱りつけました。

「おいらたちが、キツネだってことがばれたら、どうするんだ。三郎は、死ぬ間際まで、婆さまを心配して、おいらに身代わりを頼んだんだと、ここへ来る前に、ちゃんと、事情を話して聞かせたじゃないか」

「……」

「このまま無事に暮らしていたら、三郎だって、きっと安心して成仏してくれるに違いない。頼むから、もう、油あげを盗《と》って食うのだけは、止《よ》してくれ。おいらだって、我慢しているんだ」

「ごめんなさい。最初は、いっぺんだけ。本当に、そう思ったの。でも、畑仕事をしていると、祠の中から、いい匂いがしてくるものだから……」

　しょげて言うアカネに、

「ああ、そうだったなぁ。朝から、シロと一緒に、山や川へ出かけて行くおいらと違って、おまえは、一人っきりで、毎日、お稲荷さんの祠近くの畑で、一生懸命、働いてくれているんだものな。無理もない話だ。本当に、済まないと思っている。それに、おまえは、三郎の最期を知らないから、余計に……」

　無理もないと、頭領は、アカネに、何度もうなずいて見せたり、詫びを言ったりしながら、精いっぱい話し続けました。

「おいら、婆さまが大好きだ。六地蔵の五平さんも、庄屋の太郎左右衛門さんも、村の人たちも、みんな大好きだ。きっと、村の人たちは、おいらたちが、キツネだってことを知っていて、さりげなく助けてくれているんだよ。今朝だって、軒下にマキが山ほど置かれていたし。おまえが来てくれてからは、ウナギのかば焼きや、焼き魚までも置いていってくれている。まるで、婆さまにバレないように、嫁さんが調理したように見せかけろと、そう言わんばかりにさ。この秋も、村じゅうが、取り入れで、忙しかったはずなのに、毎日欠かさず、握《にぎ》り飯《めし》の包みが届けられていた。あれは、きっと庄屋さんからだ」

「そうよ。きっと、そうに違いないわ。私《あたい》が、今着ている、この着物も、このもんぺもね。『アカネちゃんは、三郎が好きで、こんな村へ、身一つで来てくれたんだってね。これからは、一段と寒くなる。カカァの古着で悪いが、これを』って。古着だって言って下さってるけれども、ちゃんと、私の寸法に合うように、小さく仕立て直して、綿まで入れてあるの。それに、畑だって、私がしている以上に、もっと先まで耕して、苗まで植えてあったりするもの。きっと、畑も、村の誰かが、私のいないところで、こっそり助けて下さっているのよ。そうに決まってる。なべそこ村の人たちは、みんな、心根の優しい人たちばかり」

「そうだろ？」

と、頭領も、アカネに優しくうなずいて見せました。

「だから、出来ることなら、おいらも本当の人間になって、もっともっと、婆さまを喜ばせてやりたいと、真実、そう思う時がある。だけど、中身がキツネのおいらには、情けないことに、それが出来ないんだ」

「そうよねぇ」

と、アカネは、うなだれて言いました。

「それなのに、私ときたら……。とんでもないことをしてしまって……。ごめんなさい。本当に、ごめんなさい。もう、あんなことしない。これからは、絶対に我慢してみせる。私も、婆さまが、大好きだもの」

婆さまは、眠ってしまってはいませんでした。まくらを涙でぬらしながら、囲炉裏端から、ぼそぼそと聞こえて来る頭領たちの話を、必死で聞いていました。

何としたことじゃ。今、囲炉裏端にいるのは、わしの孫の三郎ではないとでもいうのか。そんなはずが、あるものか。これが夢でのうて、何だと言うのだ。

聞いているだけでも、胸が張り裂《さ》けてしまいそうなほどの、辛い時間の中で、時には、耳をふさぎ、歯を食いしばりながらも、婆さまは、気丈にも、自分自身の胸に問い続け、言い聞かせ続けました。

たとえ今、囲炉裏端にいるのが、孫の三郎ではないとしても、こんなにも老いさらばえた年寄りが、「ああ、もうたくさんじゃ。聞きとうないわ」と、今ここで、何もかも、誰も彼をも、無情に切り捨てて、先に逝った家族のもとへ逝くくらい、いとも容易《たやす》いことじゃろぅよ。しかし、自分が、今、そんな軽はずみなことをして、どうなる。と――。

死ぬ間際まで、この老いた身を案じて、頭領を寄こしてくれた三郎の気持ちも、その気持ちを汲んで、辛い頼みを引き受けてくれた、頭領やアカネちゃんの献身《けんしん》も、五平さんや村人たちの思いやりも、何もかも踏みつけにして、良いはずがないではないか。ましてや、『庄屋さんの御恩を忘れるではない』と、常日ごろから、三郎に言い聞かせてきた、この自分が、後先《あとさき》も考えずに、そんな不甲斐《ふがい》ないことをするなら、それこそ、わしは、恩知らずの人でなしに、成《な》り下がるだけ。

そうじゃとも。今も囲炉裏端にいるのは、大切な孫の三郎と、心優しい、その嫁のアカネちゃんじゃ。今までもそうだったように、これから先も、二人は、わしの大切な孫たちじゃと、そう思って、二人に甘え、太郎左右衛門や五平さんや、村人たちへの感謝を忘れず、明日からもまた、素知らぬ顔をして暮らしていけば良い。わしが三郎のもとへ逝くのは、その後のこと。決めた。それで良い。そうしよう。

けれども、次の日から、婆さまは、ドッと寝込んでしまいました。どんなに頭領たちに感謝をしていても、頑張って起きて、少しは働いてみせようとしてみても、実の孫の三郎に先立たれた悲しさからは、どうしても立ち直ることが出来なかったのです。

驚いたのは、頭領たちです。それなのに婆さまは、その後も、何でもなさそうに、布団の中から「三郎」と呼び、「アカネちゃんや」などと、いつものように優しく呼んでは、「済まないねぇ」と、詫びを言い、「三郎は、よう知っておるじゃろ？　冬へ向かう今頃は、いつも、この始末での。歳《とし》のせいもあるんじゃろうねぇ。毎年のことだし、ほんの少し、体の調子が悪いだけ。その証拠に、厠くらいは、おまえたちに助けてもらいながらでも、なんとか立って行けてるじゃろう？　まぁ、そのうちには、ちゃんと起きるから、あんまり、心配しないでおくれ」

などと、カラ元気を出して言うばかりでした。

「起きる、起きる」と言っていながら、ほとんど寝込んでしまった婆さまを、それでも、頭領とアカネは、来る日も来る日も、気がつく限りの世話を続けました。

そんな日々の中でも、婆さまは、用事を頼むたびに、「済まないねぇ」などと、しわがれた声で、詫びやら礼やらを精いっぱいに言い、頭領とアカネが力を合わせて、婆さまの痩《や》せ細った体を起こしてやろうとすれば、

「アカネちゃんは、ほんに温かい手をしておる。きっと心が温かいからじゃろうねぇ。三郎や。こんなにも心根の優しいアカネちゃんを、これからも、ずうっと大切にしてやりなされや。どんな時も、二人、仲良くなぁ」

などと、顔をほころばせて言ったりするものですから、それが、婆さまからの感謝に込めた、それとない温かな遺言だなどとは、ツユほども気づかぬまま、村人たちから届く食べ物ばかりか、五平さんが置いていった薬なども、手当たり次第に勧めてみたりと、毎日毎日、思いつく限りの手を尽くし続けました。

けれども、婆さまの体は、日に日に衰《おとろ》えていくばかりで、頭領もアカネも、だんだんと、途方に暮れる日が多くなり、そうこうするうちに、家の回りのくぬぎ林は、どんぐりを、コナラの木々は、黄色い葉を落とし、地面では、乾いた落ち葉が、寒い風に吹かれて、夜通し、カサコソと音を立てるようになりま

した。

「じきに冬が来るわ。お背戸《せど》の小川も、手が切れるくらいに冷たくなってきたし……。私たち。もう何もしてやれないもの。やっぱり、五平さんに相談しましょうよ」

村人たちが、さりげなく助けてくれているおかげで、毎日、どうにか暮らしていられましたが、朝が来るたびに弱音を吐くアカネに、さすがの頭領も、何をする気にもなれないまま、その日もまた、グズグズと囲炉裏端で思案に暮れているうちに、気がつけば、昼近くにまで時が流れてしまっていました。

そんな時に、「三郎や」と、不意に布団の中から呼ばれ、あわてて枕元へ立って行った頭領たちに、婆さまは、普段どおりの素知らぬ顔で、使いを頼みました。

「三郎や。もう長いこと、お稲荷さんに油あげを、お供えしていないじゃろう？　済まないが、これから、とふ伝さんとこへ行って、油あげを、買《こ》うてきてくれんかのう。今までの分もお供えしたいから、ここにある銭を、全部持って、行ってきておくれ」

「油あげ？」

「そうじゃ。アカネちゃんは、まだ、とふ伝さんを知らんじゃろう？　油あげの嫌《きら》いなおまえに、こんな無理を頼んで悪いが、やっぱり、お稲荷さんにも、お供えをしたいからの。今日は、外も、小春日和で暖かそうだから、悪いが、行ってきておくれな」

　ほかならぬ、婆さまの頼みです。

「シロ。聞いたとおりだ。おいら、これから、とふ伝さんまで行ってくる。だから、何かあったら、すぐに知らせてくれ。いいな」

　土間にうずくまっているシロにささやくと、頭領は、アカネとシロに後を頼み、村の中ほどにある、とふ伝さんまで駆けていきました。

　豆腐屋の伝助さんは、仕事の真っ最中だったせいか、開けっ放しの店の中を、三郎のふりをして、恐る恐るのぞき込んでいる頭領に気がついても、ちょ

っぴり驚いた顔をしただけで、すぐに、

「おう、三郎。おまえさんが来るとは珍《めずら》しいな。婆さまは元気か」

と、とびきりの笑顔になって、さり気なく言いました。

「うん。でも、婆さまは、今、病気なんだ。だから、今日は、『お稲荷さんにお供えする油あげを、買ってこい』って、そう言いつかってきた」

「そうか……。いいから、まぁ、入りな」

伝助さんに促《うなが》されて、恐る恐る、店の中へ入ってきながら、頭領が差し出した銭は、ほんの端《は》した金《がね》に過ぎませんでしたが、それでも、いつもよりは、油あげがたくさん買えるくらいはありました。伝助さんは、頭領から、その銭を受け取りながら、「婆さまが、病気だって?」と、また、さり気なく尋ねました。

「うん。寝込んでる」

「そうか。それは、いかんな。それで今まで来られなくて、その分も買ってこいってか」

「そう言ってた」

「よし、分かった。待ってな」

聞いて、伝助さんは、張り切りました。

豆腐屋という商いは、毎日、朝、まだ暗いうちから起きだして、豆腐や油あげなどの商品作りに追われます。

伝助さんも、そのとおりで、豆腐や油あげなどが出来たら出来たで、その後はまた、合間を見て、近隣の村々へ行商にも出かけなければなりません。

売り物の商品を桶に収め、しっかりと蓋《ふた》をして担《かつ》いで出ても、体にしみ込んだ油あげの匂いを嗅《か》ぎつけて、ノラネコやカラスたちが群《むら》がってきます。ましてや、頭領もアカネも、本性は、油あげが大好物であろうキツネたち。

親切にしてやりたいという気持ちが勝り、うかつなことをしでかして、これまでの村人たちの努力までをも、台無しにしてしまっては……などと、あれこれ気を回し、村の中で、自分だけが、婆さまや頭領たちのために、何一つ手助けをしてこられなかったことが、伝助さんは、どうにも残念で仕方がなかったのです。

その日の暮《く》れ方《かた》。

頭領は、ザルごと風呂敷に包まれた、山ほどの油あげを抱えて戻ってきました。

「婆さま。こんなにどっさり買えた」

頭領には、持って出た銭の値打ちまでは、からきし分かりませんでした。でも婆さまは、頭領が持って帰った油あげの山を見ただけで、伝助さんの親切が分かりました。

「ほんに、ぎょうさん買えたのぅ。そうじゃ、三郎。お稲荷さんには、二枚ほど取って置けばええ。あとは二、三枚、ちょっと囲炉裏であぶって、ちょっと醤油をつけて持ってきておくれ。醤油は高価な物じゃから、ちょっと、つけたごとするだけでいいからの。ああ、二人とも、囲炉裏で、やけどをせんように、気ぃつけてな」

頭領とアカネは、婆さまの言いつけどおり、何枚かの油あげを囲炉裏であぶり、ちよっと醤油をつけて、大急ぎで、婆さまの枕元へ運び込みました。

「うまいのう。ああ、うまい。ほれ、おまえたちも、油あげを嫌いだなどと言うておらんと、試しに囲炉裏であぶって、ちょっと醤油をつけて、こうして食べてみろ」

などと言い、婆さまは、早速に、油あげをつかんで口の中へ放り込み、さも、うまそうに、もぐもぐと一口ほおばってみせました。

「あげたての油あげは、うまいからのう。さあ、おまえたちも、試しに食べてみろ」

早《はよ》う早うと婆さまに促されるまま、頭領とアカネは囲炉裏端に戻り、豆腐屋の伝助さんが、ザルに山ほど盛って持たせてくれた油あげを、囲炉裏で、ちょっとあぶっては、ちよっと醤油をつけ……。その内、ザルの中の油あげを、両手で丸ごとつかみ、そのまま、夢中で口の中へ放り込み始めました。

頭領たちが、我を忘れ、夢中で油あげをほおばっていた、その同じ頃。

一日の商いを終えた、豆腐屋の伝助さんは、表へ出るなり、山の上に昇り始めた月を眺め、「何とまぁ、きれいなお月さまだ」などと、思わず独りごちし、畳んだままの提灯《ちょうちん》を小脇に抱えたまま、勇んで、五平さんの家へ走って行きました。

「何？　頭領が油あげを買いに来た？」

五平さんは、伝助さんの話を聞いて、少し首をかしげました。

自分が知っている三郎は、子どもの頃から、油あげが苦手だったはず。だから婆さまも、三郎に油あげを買いに行かせることなど、今まで一度もありませんでしたし、三郎から、そんな話を聞いたことなども、一度たりともありませんでした。

頭領が、アカネを連れてきてからは、みんなでしめし合わせ、村じゅうが、一層の気配りもしてきました。だから、当の五平さんですら、なるべく婆さまの家には行かないようにと心がけ、村人たちと同じように、外から、そっと手助けをしてきていたのです。それでも、本格的な冬が来る前に、また、いろいろな支度をして、行ってやらねばなるまいと、そう思っていた矢先のことでした。

「いつもよりも、仰山な銭を持ってきたとすると、ちと、おかしな話だな」

五平さんは、腕組みまでして、けげんそうに考え込みました。

「病気で、しばらくお稲荷さんにお供えをしていないから、『その分も買うてこい』と、婆さまに、そう言いつかってきたそうです。わしも、親切にするのは、この時とばかりに、有りったけの豆腐を、次から次へと、片っぱしから、みーんな油あげに……」

しゃべりにしゃべってから、伝助さんは、けげんそうな顔をしている五平さんに気づき、

「けど、ちいとばかり、やり過ぎましたかのぅ」

と、心配顔になって言いました。

「何。大丈夫ですよ」

と、五平さんは、さりげなく言いました。

「伝助さんのおかげで、頭領は、立派に使いが出来て、喜んで帰っていったでしょうねぇ」

どんでん川で、頭領にアユを譲《ゆず》ってやった日のことを思い出して、五平さんの目が、奥の奥までじんわりと熱くなりました。

そうだったなぁ。あの時も、頭領は、婆さまのために、着物も何もビショビショになりながら、必死でアユを捕っていたっけ。だからきっと、今日の頭領も、香ばしい油あげの匂いに、鼻をひくつかせながら、「我慢、我慢」と自分に言い聞かせ、一生懸命に、婆さまの元へ帰っていったに違いない。

「聞いただけでも、懸命に油あげを抱えて帰って行く頭領のすがたが、目に浮かぶようです。伝助さん。ようやって下さいました。わしからも、このとおり、礼を言わせてもらいます」

「いやぁ、とんでもない。しかし、外から覗き込んでいた時の頭領なんて、確かに少しばかり、やつれては見えましたが、それでも、まるきり、三郎そのものだったですもんねぇ。あれじゃあ、婆さまも、気がつかないはずです。しかし、何ですねぇ。あんなに健気な頭領を見ていると、何でもいいから、手助けしてやりとうなりますわなぁ。ましてや、婆さまが病気だなどと聞いたからには、放っては置けんですもん」

「そうよなあ。婆さまが病気で寝込んでいると聞いては、やっぱり放っておくわけにはいかんわねぇ。しかし、こんな夜分に訪ねていくのもなんだし……、寝込んでいるといっても、使いを頼めるくらいだから、心配するほどでは無いと思うが……。そうだな。明日にでも、ちょっくら、様子を見に行ってくるとしますか」

五平さんから礼を言われ、自分も、ようやく頭領の手助けをしてやることが出来たと、嬉しさ丸出しで話す伝助さんに、五平さんは、余計な心配をかけまいとでもするように、さりげなく返事を返しながら、心のどこかでは、そろそろ、来るべき時が来たようだと、そんなことを思っていました。

第七章　満月の夜に

その日の夜更《よふ》け。

トントン、トントントントンと、誰かが外から雨戸を叩く音で、五平さんは、目を覚ましました。

こんな夜更けに、誰だろうと思いながら、そうっと起き出して雨戸を開けると、外は一面、ビードロを溶《と》かしたような、青いお月夜でした。

「ああ、いいお月夜だ」

外から雨戸を叩かれたことも忘れ、五平さんは、思わずつぶやきました。

乱雑に積まれた細工用の石までが、月の光を浴びて、宝石のようにキラキラと光っています。

「五平さん。五平さん」

うっとりと辺りを見回している五平さんに、頭領は、庭から必死で呼びかけました。

「おう。なんだ、三郎……じゃなかった。頭領。こんな夜更けに……」

どうしたと言いかけて、五平さんは、ハッと言葉を飲み込みました。

「そうなんだ。婆さまが死んじまった」

「分かった。今、そっちへ行くから待ってな」

とうとう、この時が来たかと思いながら、五平さんは、はだけた寝間着の襟をかき合わせ、その上からどてらを着込むと、もう一枚、そばにあった綿入れ半纏《ばんてん》をつかみ、急いで庭へ出ました。そうして、転がっている石の一つに腰を下ろすと、持ち出した半纏を、並んでいる石の上に敷き、そこへ掛けるようにと頭領に勧めました。けれども、頭領は、自分が、立っているのか腰掛けたのかさえも分からないほど、うろたえていて、話も後になったり先になったりで、五平さんは、頭領の話を、頭の中で整理しいしい聞かなければなりませんでした。

結局。それで分かったことは、今の今まで、頭領とアカネが、どんなに婆さまを大切にして暮らしていたかということだけでした。

婆さまが寝込んでしまったのは、三郎の身に何が起きたのかを、知ってしまったせい。

それに気づかないまま、頭領とアカネは、懸命に、婆さまの世話をし続けていたのです。

五平さんは、三郎の着物をそれらしく着込んでいても、見るからに痩《や》せ細ってしまった頭領の体を、精いっぱい抱きしめてやりたいくらいの衝動にかられました。

目の奥ににじんでくる涙をこらえて見上げると、墨《すみ》でもかぶったように真っ暗な、ごんげん山の、その上で、大きくまん丸に輝《かがや》いている月が、何度見直してみても、五平さんには、婆さまや三郎の笑顔に見えて仕方がありませんでした。

そうだ。これで良かったのだ。婆さまは幸せだった。

しばらくして、五平さんは、心の底から、そう思いました。

「聞いてたのかよう」

山のてっぺんの、そのまた上で、美しく輝いているお月さまを見上げ、懸命に涙をこらえている五平さんの肩をゆすり、頭領は、たまりかねたように言いました。

「ああ、ちゃんと聞いてたさ」

五平さんは、さりげなく、目がしらを押さえながら言いました。

「心配しなくてもいい。婆さまは、おまえたち二人に、ちゃんと、お礼を済ませてから、三郎のそばへ行きたかったんだ」

「何だって」

「そうだ。おまえたちがキツネだってことに、婆さまは、気がついたんだよ。今頃、婆さまは楽しそうに笑って、孫の三郎に言ってるだろうなぁ。『わしは、今の今まで、あのくぬぎ林の中の小さな家で、おまえと一緒に幸せに暮らしていた』ってな」

「…………」

「おまえたちが来てくれて、婆さまは、十分に幸せだった。おいらからも、改めて礼を言う。ああ、おいらだけじゃない。なべそこ村の、村じゅうみんなの分も、いっぱい礼を言わせてもらうよ。人間だったら、何でもないことでも、おまえたちには、どんなに大変だったことか。今日まで、よく頑張ってくれて、本当に、ありがとうよ」

五平さんが、心を込めて言うと、頭領は、肩を落として言い出しました。

「お礼だなんてとんでもない。元はといえば、おいらが……」

自身のしてきたことを悔やみ、しょげてしおれ切っている頭領の肩を、思わず抱き寄せ、五平さんは、優しく言って聞かせました。

「何を言っているんだ。頭領もアカネちゃんも、もう、十分過ぎるほど、婆さまに尽くしたんだ。悔やむことなど、あるものか。そうだろ？　婆さまは、おまえたちに油あげをふるまい、精いっぱいのお礼を済ませてから、三郎の元へ行きたかったんだ」

「…………」

「まったくの話。高札場へやってきた時の婆さまときたら、それはもう、くしゃくしゃの笑顔で、おまえたちの自慢ばかりしていたよ。これで分かっただろう？　婆さまは、おまえたちに、どんなに感謝していたことか。婆さまだけじゃない。庄屋の太郎左右衛門さんまでもだ。用も無いのに、しよっちゅう高札場へやってきて、楽しそうに、みんなのうわさ話の仲間に入って……。時には奥さまに、アカネちゃん用の、かわいい着物を仕立てさせて、さり気なく、村の者に届けさせたりと、そんなことまでしておいでだった。さぁ。これで分かっただろう？　この、なべそこ村は、おまえたちから、山ほどの幸せを貰っていたんだ。婆さまだって、おまえたちに、どんなに感謝して逝ったことか」

精いっぱい、心を込めて話す五平さんに、頭領は、ようやくホッしたような顔をしました。

「……そうだったら、いいんだけれども。本当を言うと、おいらもアカネも、婆さまが大好きだった。婆さまだけじゃない。五平さんも、庄屋の太郎左右衛門さんも、この村の人たちも、もっともっと大好きになった。アカネは、大好きになった婆さまが死んじまったせいで、おいらと一緒に、ここへ来る途中で、泣きながら山へ逃げていってしまったけれども、おいらも、今度は、本当の人間になって、この村に生まれてきたい」

頭領は、そんなことを、ちょっぴり照れたように言いました。

「分かった。よく分かった。そういうことなら、おまえたちが、いつ、生まれ変わって来ても良いように、『もっともっと良い村に……』と、みんなにも、しっかりと言っておかなければな。庄屋の太郎左右衛門さんにも、アカネちゃんが、やって来てくれた時のように、村の真ん中に、また、平仮名ばっかりの高札を立ててもらうとしよう」

「五平さん……」

「ああ。村のみんなも、おまえが三郎のふりをして、懸命に頑張ってくれていることを、もう、とっくに知っていた。もっとも。アカネちゃんの時は、知った、その日のうちに、かくかくしかじかだと、おいらが、村じゅうに、触れ回っちまったけれどな」

「ああ、やっぱり」

五平さんから言われて、頭領は、合点したように言いました。

「いつだったか、どんでん川で、アユを捕っていた時、五平さんから、いきなり声をかけられただろう？　あの瞬間、もう駄目だ。もうお仕舞《しま》いだと、観念したのに、あの後からは、村の人たちが、みんなして、とっても親切にしてくれた。だから、きっと、そうに違いないと思っていたんだ。でも思っていても、『おいら、本当は、頭領ギツネだよ』って言えなかった。だって、みんなが、素知らぬ顔をして、親切にしてくれたんだもの」

「そうか。分かってたのか」

「うん。分かってた」

五平さんは、頭領の素直な返事に、思わず笑いました。

「そうか。やっぱり分かってたのか。それは済まなかったな。別に、賢い頭領ギツネのお株を奪って、おまえさんをだますつもりは、なかったのだが」

笑って言った五平さんに、頭領は、口をとがらせました。

「もう、五平さん。やめてくれよ。おいら、深く反省しているんだから」

口をとがらせた頭領に、五平さんは、

「ああ。悪かった。それから、あと一つ。これは良い話だから、聞いてくれ」

と、あわてて言いました。

「おまえ。むかし、峠で豪傑に化けて、盗賊どもから、村を救ってくれたそうじゃないか。庄屋の太郎左右衛門さんが、木立《こだち》の陰から見ていたそうだ。『頭領は、間違いなく、なべそこ村の守り神さまだ。あの時は、ごんげんさま以上に有り難かった』と、そう言っておいでだった」

「守り神さまだなんて……。おいら、太郎左右衛門さんには、悪さばっかりしてきたのに」

「いいさ。山へ帰ったら、頭領は頭領らしく、また、みんなを愉《たの》しませてやればいい。だけど悪さをする時は、ちゃんと、相手の事情を確かめてからにしろよ。でないと……」

「ああ、悪かったよ。もう、しない。……桶屋の権太さん。怒ってるだろうなぁ」

頭領が、シュンとしょげて言うと、五平さんは、あははと、明るく笑ってみせました。

「心配しなさんな。もう、だぁれも怒ってやしないよ。権太さんの嫁さんも、『夫に、詰まらぬ小言を言ったばっかりに……』と、ずいぶん悔やんで、まだ使えそうな桶の材料まで、パンパン割って、薪にこしらえて……」

五平さんは、そこまで言うと、たまりかねたように、また笑い、笑いながら、楽しげに、話を続けました。

「そりゃあまぁ。こんなに硬《かた》い石を、ノミでゴシゴシ刻むのとは違って、柾目《まさめ》の薄い板を、斧《おの》でパンパン、パカスカ割って、飛ばせるだけ飛ばしていたら、さぞかし、気分もスッキリするだろうよ。権太さんは権太さんで、それを、見て見ぬふりをしててさ。嫁さんが割って、とっ散らかした木っ端を、せっせと集めて、薪に交ぜ込んで、エッサエッサと喜んで運んでいたんだ。権太さんも嫁さん同様。そうすることで、お前たちに、せめてもの償《つぐな》いをしようとしていたんだろうなぁ。見ていても、うらやましくなるくらい、息の合った良い夫婦だよ」

「ああ、それでなんだ」

頭領は、五平さんの話を聞き終わると、真面目に、うなずき返しました。

「軒下に置いてあった薪が、細くて軽くて、家の中へ運び易かったから、おいらもアカネも、とても助かってた。……おいら、権太さんには、あんなに酷《ひど》いことをしたのに」

今になっても、まだ、自分のいたずらを悔やんで、心を痛めている。そんな頭領の心を癒《い》やしてやりたいと、軽く笑いながら話してやったつもりなのに、却って申し訳なさそうに話す頭領に、五平さんは思わず口をつぐみ、そうして思いました。

こんなふうに律儀なのは、頭領だけじゃない。アカネギツネも、そのとおりだし、元の主人だった三郎を思って、今日まで頭領たちを助けてきた、犬のシロもそうだ。もしかしたら、動物たちは、みんな律儀で情も深くて、人間よりも真っ直ぐな生き物なのかもしれないと……。

そうだったなぁ。「人間がキツネに負けとっては、話にならん」と、庄屋さまのお屋敷で、誰かが、そんなことを言い出して……。あれから、村じゅうみんなが、精いっぱい、温かな心を発揮して……。

月明かりの下で、頭領と肩を寄せ合い、あれやこれやと思ったり思い出したりしているうちに、五平さんの涙腺《るいせん》は、完全に緩みきってしまいました。

「もう駄目だ。これ以上、おまえと話していると、おいら、涙が流れて止まらなくなってしまいそうだ。さあ、もういいから、後のことは、わしらに任せて、頭領は、このまま安心して山へ帰れ。そうして、これからは、アカネちゃんと一緒に、時々は頭領らしく、むかしのように、ちょっとしたいたずらも、しでかして、たまには、みんなにも会いに来てくれて、達者で、のびのび暮らすんだぞ。でないと、庄屋の太郎左右衛門さんばかりか、村じゅうのみんなが、張り合いを無くして寂《さび》しがるからな」

泣けて来るどころか、このまま話していると、別れづらくなって夜が明けてしまうと、五平さんは思いました。

見上げると、まん丸な月は、もう、ごんげん山の真っ暗な山の端《は》にかかって、いっそう明るく輝いて見えました。

「三郎。聞いてただろう?」

五平さんは、もう一度、痩せ細った頭領の肩をしっかりと抱き寄せ、山の端《は》にかかっている月に向かって語りかけました。

「おまえの親友だった、この頭領が、こんなにも健気に頑張ってくれたんだ。だから今度は、おまえたちが、そちらから、頭領たちを守ってやってくれよな」

太郎左右衛門さんが話していたように、誰も知らないところで、なべそこ村を守ってくれていた頭領のことだから、村総出で、ワイワイと賑《にぎ》やかに見送ったりするのは、頭領には似合わないし、きっと頭領も、そんなことは望まないだろう。

五平さんは、勝手にそう考えました。だから、少しばかり薄情《はくじょう》な仕方にも思えたのですが、頭領が、三郎から元の頭領ギツネに戻り、ひっそりとごんげん山へ帰っていくのを、一人で静かに見送ってやることにしたのです。でも、山へ帰っていく前に、一度でいいから、元の頭領に戻ったすがたを、今ここで、しっかり見せてほしいと、五平さんは頼みました。

「まったく。人間て、キツネにまで、いろいろと注文をするんだな。今度は、何だ？　三郎から、また、元の頭領ギツネに戻って見せろってか。まぁ、元のキツネに戻るくらいは、造作もないことだけれども、豪傑に化けていた頃のようには、威勢《いせい》よく出来ないから、五平さん。がっかりするに決まってる。それでもいいかい？」

「ああ、いいとも。おいらは、今の頭領のすがたが、見てみたいんだ。無理を言って済まないが」

「分かった。精いっぱい突っ張って見せてやる。その石の上でいいんだな」

頭領は、言うなり、目の前の石の上にヒョイと飛び移ったかと思うと、次の瞬間には、もう、元のキツネに戻り、石の上にきちんと座ったすがたで、五平さんに向かって、グイと胸を張ってみせました。

「ああ、頭領……」

やつれては、いても、やっぱり威厳《いげん》があって見事なものだと、ひと言、言ってやる間もなしに、元のキツネのすがたに戻って、口が利けなくなった頭領は、まるで、今の自分のみすぼらしいすがたを恥《は》じるかのように、石の上からヒョイと飛び降りると、そのまま、夜風のように、ごんげん山のほうへ走り去っていきました。

山の端に掛かった月が、庭から飛び出して行く頭領の背中を、ほんのわずかのあいだ、金色に照らし出していましたが、五平さんが目をこらして見つめている、その、わずかなあいだに、頭領の痩せた背中も体も、木立の闇《やみ》にまぎれて、見えなくなってしまいました。

あんなに、やつれて……。よっぽど、頑張ってくれてたんだなぁ。だけど頭領よ。つい今し方まで見せてくれていた、おまえの見事なまでの三郎ぶりも、元の頭領ギツネの、その尊いすがたも、この六地蔵の五平さまが、この目に、しっかりと焼き付けた。


三郎と婆さまのおとむらいは、改めて村総出で取り行われました。

知らせを聞いて、何か自分が粗相でもしたのではないか。やりすぎたのではないかと、青くなって駆け込んで来た、豆腐屋の伝助さんを、五平さんたちは、いっぱいの笑顔を浮かべ、婆さまの枕元へ手招きして言いました。

「伝助さん。見てやってください。婆さまの、この満足そうな寝顔を。『伝助さんのお陰で、頭領たちに、精いっぱいの恩返しをして来られた』と、きっと婆さまも、今頃は、三郎に胸を張って言っているに違いないと、今もみんなで、話していたところです」

五平さんや村人たちから、そうした話を、てんでにされた豆腐屋の伝助さんは、

「お蔭さまで、これからも、笑って商いが出来ます」
と、うれし涙をこぼしながら、挨拶をして回りましたが、そんな安らかな寝顔の婆さまの横には、三郎の位牌も、静かに置かれていました。

その上、このたびの責任を取らせてほしいからと、お取り持ちの費用は、すべて桶屋の権太さんが引き受け、喪主《もしゅ》は、当然のように五平さんが務めましたが、その横には、五平さんに寄り添うように、シロが行儀よく座っていました。そうして、その後ろで、背中を丸めて、ダンゴのように体を寄せ合っている村人たちの目には、五平さんが、シロに顔を寄せて、何かをささやくたびに、まるで二人が、ヒソヒソと仲良く内緒話でもしているかのように映り、おとむらいのあいだじゅう、みんなの心を温かく包みました。

小春日和が続き、ささやかでも、和《なご》やかで良いおとむらいだったと、誰もが思うような、そんなおとむらいが済み、男衆ばかりが表へ出てきて、婆さまの野辺送りの支度を始めた、その時。ふと気がつくと、みんなの前から、シロのすがたが消えていました。

「そうか。さっき、ごんげん山のほうへ、白い影が走っていったが、あれは、シロじゃったか」

「シロどころか、この家には、もう、だぁれもおらんようになってしもうた。あのまま、いつまでも、頭領が、三郎に化けていてくれたら、わしらも、毎日、楽しかったのになぁ。そう思うと、何だか、張り合いが無《の》うなってしもうた気がしてならんのじゃ」

「まったくなぁ。知らせを聞いて駆けつけてきた時、亡くなった婆さまの体に、綿入れ半纏やら座布団やらが、丸めて当ててあったのを、みんなも見たじゃろう？　あれを見た瞬間。おらぁ、ごくらく茶屋の、お花ばあさんの話を思いだしてしまってよ」

「そうそう。凍えるほど寒い夜に、頭領が、お花ばあさんに、自分の背中を当てて、温《ぬく》めてやったって話じゃろう？　今度も頭領たちは、婆さまに正体がばれているとも知らず、自分たちの背中の代わりに、綿入れ半纏やら座布団やらを丸めて……。それもきっと、囲炉裏で温めては、一生懸命、婆さまに当ててやっていたんじゃろう。思うだけで泣けてくる。頭領たちには、あのまま、いつまでも、この家に、いてほしかったのになぁ」

「そうだとも。庄屋さままでが、アカネちゃんのことを、『孫みたいに可愛《かわい》くて、健気な子じゃ』と、目を細めておいでじゃったし……」

こうなってみると、婆さまは、ちゃんと頭領たちにお礼を済ませ、満足そうな顔をして、孫の三郎や、先に逝った家族みんなのそばへ行ったのだから、まぁ良かったと思ってやらなくては……と、そう思ってはみても、なんだか寂しくてたまらないと、婆さまの野辺送りの支度をしながら、村人たちは、いなくなってしまった頭領たちを思って、肩を落としました。

「だけど、頭領がいなくなって、いちばんガッカリしているのは、鉄砲撃ちの兵六さんだろうよ。でかいイノシシを仕留めたら、せっせと、ぼたん鍋《なべ》を差し入れて、頭領たちに、温かい冬を過ごさせてやるのだと、あれから毎日、鉄砲の手入れに余念がなかったからなぁ」

「ああ。そうじゃったなぁ。自慢の鉄砲を抱えて山へ入れる日まで、あと数日のことじゃったのに……」

「そうそう。こんな時に、笑っては何だが、あと少しで、ぼたん肉のお裾分けに預かり損ねた、六地蔵の五平さんもじゃ。あはは」

「だけど頭領は、その五平さんに、『なべそこ村が大好きだ』と話していったそうじゃから、わしらもみんな、いつまでも、ガッカリなどしてはおられん。貧しさに変わりはなくとも、これから先も、少しは心して暮らさんと、あかんわなぁ」

　チーン、カーンと、鉦《かね》を叩き、観音寺の和尚さまを先頭に、しんがりは太郎左右衛門さんが受け持っての、のんびりとした、婆さまの野辺送りの道すがらも、誰からともなく言い出した言葉に、村の人たちは、てんでにうなずき合いました。

最終章　冬来たりなば

三郎と婆さまのおとむらいが済み、ささやかな三十五日の法事も済ませて、村人たちが、普段の暮らしに戻り始めた頃。

庄屋の太郎左右衛門さんが、浮かぬ顔をして、不意に五平さんの家へやって来ました。

「五平さんや。おまえさん。あれから頭領を見かけたかい？」

「いいえ。正月が近いせいで、忙しくしておりまして。それにしても、庄屋さん。ずいぶんと疲れたお顔をしておいでですが」

庭の隅で、コンコンと、石にノミを当てていた五平さんが、手を休めて言いました。

「そうなのじゃ。わしは、あれから何度も、峠へ出かけてみたのだが、一度も頭領に会えなんだ。ごくらく茶屋のお花ばあさんに聞いても、さっぱり見かけないと言うし、いったい、どこへ行ってしまったものか……」

「そうでしたか。山へ帰る頭領に、『むかしのように、また、いたずらをしてもいいぞ』と、そう言ってやったのですが、頭領は、『もう、やめる』と言っていました。どうも、権太さんにいたずらをしたことが、ずいぶんと堪《こた》えたみたいで……。だから、三郎の身代わりを、あんなに必死になって、やってくれたんでしょう。可哀想に、随分と、やつれて……」

「それでも、なんだねぇ。また、むかしのように、一度でいいから、元気な頭領に、コロッとだまされてみたいものじゃて。それでわしも、どんなに、気が休まることか」

太郎左右衛門さんの言葉に、五平さんは、いたずらっぽい目をして言いました。

「あはは。今、そんなことを言っておいでの庄屋さんが、もしかしたら、頭領ギツネと違いますか。山へ帰って行った時の頭領みたいに、ずいぶんと、疲れておいでのようで」

「この、わしが、かい？　馬鹿を言うでない。わしは、本物の太郎左右衛門じゃ。見て分からんかい。疲れて見えるのは、何度、ごんげん山へ行ってみても、頭領に会えないせいじゃ。まったく、どこへ行ってしまったものやら。この太郎左右衛門。自慢じゃないが、頭領には何度だまされたことか。それを考えたら、一度くらい、顔を見せてくれても」

不平タラタラで、おかしな文句を言う太郎左右衛門さんに、五平さんは、また、遠慮なく言いました。

「あっはっは。分かったもんじゃないですよ。何しろ、頭領は、一緒に暮らしていた婆さままでさえ、気づかなかったくらいに、それは見事な、化けぶりでしたからねぇ」

「まぁ、それは確かじゃが……、どうやら無駄足だったようじゃ。わしは、もう帰る」

「まったく。いいかげんにせんかい。しかし、思えば思うほど、頭領は、キツネにしておくのには惜しいほどの、いいヤツじゃったなぁ」

ちょっぴりむくれたかと思うと、すぐにまた、しんみりとなって言う太郎左右衛門さんに、五平さんも、「本当に、そうでしたねぇ」と、一度うなずいてから、

「山へ？」

「ああ、そうそう。庄屋さんの、そのお話で、大事なことを思い出しました。頭領が、『今度は、この村の人間になって生まれてきたい』と、そう言っていました。きっと、アカネちゃんとも、毎日。そんな話をしていたのでしょうねぇ。庄屋さんも、この村の人たちも、みんな、大好きになったそうです」

と、頭領の言葉を伝えました。

「そうか。頭領たちが、そんな嬉しいことを」

五平さんの話を聞いた太郎左右衛門さんは、目を細めて言いました。

「ええ。だから、わしも、庄屋さんの代わりに、しっかりと言っときました。

『これからも、もっともっと、良い村にしておくからな』と。あはは。それはもう、いい気分でしたよ」

自分の知らないところで、五平さんに良い役を取られてしまった太郎左右衛門さんは、また、ちょっぴりむくれました。

「何が、『あはは』じゃ。それは、庄屋である、わしの言う台詞《せりふ》ではないか」

「まあ、堅いことは言いっこなしで」

「そうじゃなあ。だけれど、今思うと、頭領たちがいてくれた頃は、何かしらん、村じゅうが和やかで、楽しかったのう」

足を止めたまま、懐《なつ》かしげに言う太郎左右衛門さんに、

「ええ。本当に」

と、五平さんも、しんみりと言いました。

遠くの山は、もう、しぐれ始めていました。

「また、寒くなる」

一言つぶやき、肩をすぼめて帰りかけた太郎左右衛門さんの背中に向かって、

「大丈夫ですよ」

と、五平さんは、打って変わって、元気な言葉を投げかけました。

「野辺送りの最中《さなか》にいなくなって、みんなを心配させたシロも、おとむらいの席で言ってやったとおり、あの後、ちゃんと元気に我が家《うち》へやって来ました」

「ほら。あのとおり」

とでも言うように、五平さんは、暖かそうな陽《ひ》が差《さ》し込んでいる納屋《なや》の軒先で、気持ち良さそうにドタッと寝そべり、上目遣いに、こちらを見ているシロに、あごをしゃくって見せました。

「あの時、シロは、頭領たちに会いに行ったんでしょうねぇ。今ではもう、あのとおり。すっかり安心した様子で、我が家にいてくれますし……。それに、あの頭領のことです。春になれば、きっと、アカネちゃんと一緒に、かわいい子ギツネたちを、何匹も連れて、また、みんなに会いに来てくれますって」

聞いているうちに、そんな嬉しい話まで聞かされた、太郎左右衛門さんは、

「あぁ」

と、思わず感嘆《かんたん》の声を上げ、パッと顔をほころばせました。

「そうじゃ、そうじゃ。そういうことじゃ。あの頭領たちが、このままの、これっきりなんてことなど、あろうはずがない。『冬来たりなば、春遠からじ』なんて言葉もあることだしのぅ。ああ、やっぱり訪ねてきて良かった。そういうことなら、帰りついでに、ごくらく茶屋へ回って、お花ばあさんにも、こうした話を、してやることにしようかのぅ。婆さんも心配しておったから、どんなに喜ぶことか」

五平さんから元気を貰い、いっぱいの笑顔で帰りかけた太郎左右衛門さんは、ふと、傍《かたわ》らの石像に目を留め、

「おやっ。これは頭領じゃないか。おお、本当に頭領ギツネだ」

と、びっくりしたように言い、そのまま、しげしげと見ていたと思ったら、すぐにまた、

「しかし、五平さんや。このすがた。頭領にしては、ちぃとばかり、やつれ過ぎてやせんかのぅ。おまけに、顔には、ほれ、ここに彫り傷まである」

と、真顔になって、ちょっぴりケチを付けました。

太郎左右衛門さんの記憶の中にある頭領は、なべそこ村を襲おうとしていた盗賊どもを、豪傑に化けて追い返した後、鋭いキツネ目で、辺りを睨み回しながら山へ帰っていったという、その時の頭領の、堂々としたすがただったようです。

五平さんは、そんな太郎左右衛門さんに、自分の心の中にいる頭領は、顔に傷あとのある、三郎の身代わりになって、一生懸命婆さまに尽くし、疲れ果てて山へ帰っていった時のすがただ。だから、頭領の石像の顔に付けた傷あとは、彫り損ねた訳でもなければ、頭領のためだけでもない。自身にとっても、かけがえのない友だちだった三郎に繋《つな》がる、大切な傷あとなのだと、熱心に言いました。

実のところ、五平さんが、頭領ギツネの真のすがたをまともに見たのは、後にも先にも、その時の、一度きりだったのです。

親友だった三郎のためにも、あの時の頭領のすがたを、しっかりと刻んでおかなくては。

頭領が山へ帰っていった後。五平さんは、その一心で、合間を見ては、コツコツと、ノミをふるい続けていたのです。

五平さんの話を聞いて、太郎左右衛門さんは、少しのあいだ考え込み、それから、深くうなずくと、改めて言いました。

「そうじゃのぅ。言われてみれば、やっぱり、頭領の石像は、このほうが良い。村総出で、頭領たちを見守っていた、あの頃の温かな気持ちを、みんなが忘れないためにもなぁ。本当に、今、思えば、村じゅうが和《なご》やかで、実に良い日々じゃったのぅ」

太郎左右衛門さんの、そうした、しみじみとした言葉に、

「ええ。わしも、そう思いまして」

と、五平さんは、にんまり笑ってうなずき返しました。

「なるほどのぅ。そうかそうか。そういうことなら、五平さんや。ちょっと、わしにも、ノミを貸しとくれ」

「頭領が喜びますよ。あいつに、いちばんだまされたのは、きっと、庄屋さんでしょうからね」

五平さんは、そう言うと、笑いながら、握っていたノミを、早速に、太郎左右衛門さんの手に渡しました。

「まったく。何度だまされたことか……。それでは、せっかくの機会じゃから、わしも、なべそこ村の守り神さまへ、感謝の気持ちとともに、だまされた恨みも、ちいとばかり、晴らさせて貰いましょうかの」

言ってから、頭領ギツネの石像に、コンコンコンコンと、楽しげに、ノミを当て始めたと思ったら、太郎左右衛門さんは、またまた、何かを思いついたように、手を止め、

「五平さんや」

と、見るからに、不満そうな顔をし始めました。

機嫌が直ったのかと思えば、またしても、不平やら不満やらをぶつけてくる太郎左右衛門さんに、五平さんは、仕事は遅れるしで、さすがに、うんざりし

てきて「まだ、何か……」と、つい、ぶっきらぼうな返事をしてしまいました。

するとと、太郎左右衛門さんは、『まだ何か』じゃないわいと、さらに、口をとがらせて言い出しました。

「『六地蔵の五平さん』などと呼ばれている、おまえさんほどのお人が、頭領の、大事な嫁さんを忘れていて、どうする。そうじゃろう？　こうなったら、費用は、全部、わしが持つから、ちゃんと、アカネちゃんの石像も、彫ってやっておくれ。それも、とびっきり可愛くな」

太郎左右衛門さんからの、ちょっぴり照れたような、思いがけない申し出に、五平さんは、クスッと笑い、そのまま、からかうような口ぶりで、返事をしました。

「ええ、それはもう。庄屋さまからの、そんなに大事なご注文でしたら、頭領にアカネちゃんに、子ギツネたちまで、何匹でも喜んで……」

「ちょっと、ちょっと待てっ」

と、太郎左右衛門さんは、五平さんからの返事に、びっくりして言いました。

「子ギツネたちまで、何匹でもだって？　おまえさん。そんなに彫って、いったい、どこへ並べるつもりじゃ」

太郎左右衛門さんが、オタオタしながら言うと、

「それでしたら、ご心配なく」

と、五平さんは、また、平気で返事しました。

「この村の守り神さまたちのことですから、村の入り口に並べた、六地蔵さまに続けて、何匹でも……。ああ、そうそう。この際ですから、庄屋さまの石像も彫って差し上げなくては……。考えてみたら、わしらにとっては、庄屋さまこそ、この村一番の守り神さまですからね。それはもう、心を込めて、何年かけてでも……。ええ。本気で彫らせて貰いますとも」

五平さんから、大真面目で、そんな話をされ出した太郎左右衛門さんは、

「もう良い。まったく。おまえさんには敵《かな》わん。好きにしてくれ。わしは、もう帰るっ」

でも、そんな、尖《とん》がった口ぶりとは裏腹《うらはら》。太郎左右衛門さんは、五平さんの

手に、大切なノミを、そっと返すと、今にも、こぼれてしまいそうなほどの笑みを浮かべ、やって来た時とは、まるで反対の元気さで、庭から出ていきました。

角まで出て、そんな太郎左右衛門さんを、笑いながら見送っていた五平さんは、太郎左右衛門さんの足元どころか、これから行こうとしている道にも、とりどりの落ち葉が一面に散り敷き、雨や霜《しも》に濡れ、べったりと張り付いているのに気がつくと、

「庄屋さん。道がすべりますから、足元にお気をつけて」

と、丁寧に忠告しました。

五平さんの忠告に、立ち止まって、自分の足元や、辺りの山々を眺めていた太郎左右衛門さんが、「五平さんや。改めて眺めてみると、この村は、どこもかしこも、きれいじゃのぅ」などと、振り向いて、のん気に言いだしました。

「そりゃあ、そうですとも」

と、五平さんは、ちょっぴり苦笑いしながら、返事をしました。

「まだ、この前。村じゅう総出で、薪集めや、松葉掻《まつばか》きなどを、やったばかりですからね。まるきり、山全部を、大掃除したようなもんです。ほら。庄屋さんの庭先にも、薪が山積みにしてあったでしょ？」

五平さんの返事に、

「ああ。そうじゃったなぁ。わしは、あの頃から、頭領のことばかり考えていて、そんな大切なことを、失念してしまっていた。これでは、庄屋失格じゃのう」

などと、自分の頭を軽く叩き、苦笑いまでして見せた太郎左右衛門さんに、五平さんは、思わず、手を横に振って言いました。

「とんでもないっ。違いますよ。庄屋さんから、そんなにも心配して貰って、頭領くらい幸せなキツネなど、どこにもいませんよ」

二人して、そんな話をやり取りしていた時。五平さんは、太郎左右衛門さんが、これから向かおうとしている峠の道は、頭領が、亡くなった婆さまに別れを告げ、静かに、ごんげん山へ帰っていった、その時と、同じ道だったことに気がつきました。

　ハッとして改めて目をやると、ゆったりと辺りを眺めている太郎左右衛門の背中に、木漏《こも》れ日《び》が当たり、チラチラと、美しく踊っている様が、目に飛び込んできました。

（ああ、きれいだ）と、思わず見とれた五平さんの目に、今度は、太郎左右衛門さんの背中と、頭領のすがたが、一瞬、重なって映りました。

　あぁ、そうか。そういうことだったのか。やっぱり、庄屋さまも、頭領ギツネも、この村の守り神さまだったのだ。これまでも、そうして、これからも……。

　そうだとも。少しくらい貧しくたって、それが、何だというんだ。こうして庄屋さまや、頭領たちに守られて、毎日、みんな仲良く、こんなに穏《おだ》やかに暮らせていられるじゃないか。なべそこだろうと、お釜《かま》の底……ああ。でも、お釜の底は、ちょっと困るなぁ。深すぎて、お日さまの光が、あまねく当たらない……。

角に立ち、五平さんが、また、そんなしょうもないことを、勝手に思い巡らせていた時、

「行ってくる」

と、峠道の途中で足を止め、ゆったりと辺りを眺めていた太郎左右衛門さんが、不意に振り向いて言いました。

いきなりだったせいで、面食らった顔をしている五平さんを見て、吹き出し笑いをした太郎左右衛門さんが、笑いを堪えながら「行ってくるからなっ」と、一段と大きな声で、念を押すように言い、そのまま元気な足取りで、ごくらく茶屋へ向かって歩きだしました。我に返った五平さんが、しばらくして、

「庄屋さぁん。お花ばあさんにも、よろしくっ」

と、いっぱいの笑顔で、伝言しました。すると、

「おぅ。分かった」

と、太郎左右衛門さんからも、辺りの山々に、こだまするほど、元気な返事が返って来ました。

こんな二人の遣り取りを、山のどこかで、頭領たちも、クスクス笑って聞いていたかも。

冬来たりなば、春遠からじ。

なべそこ村に、暖かな春が来るのも、もうすぐのようです。

終わり。

〈著者紹介〉
井奈波美也（いなば みや）

なべそこ村《むら》の守《まも》り神《がみ》さま

2024年7月18日　第1刷発行

著　者　　井奈波美也
発行人　　久保田貴幸

発行元　　株式会社 幻冬舎メディアコンサルティング
〒151-0051　東京都渋谷区千駄ヶ谷4-9-7
電話　03-5411-6440（編集）

発売元　　株式会社 幻冬舎
〒151-0051　東京都渋谷区千駄ヶ谷4-9-7
電話　03-5411-6222（営業）

印刷・製本　中央精版印刷株式会社
装　丁　　野口萌

検印廃止

Printed in Japan
ISBN 978-4-344-69040-0 C0093
幻冬舎メディアコンサルティングＨＰ
https://www.gentosha-mc.com/